失格紋の最強賢者11
～世界最強の賢者が更に強くなるために転生しました～
著 進行諸島
ill. 風花風花

暗黒竜イリスの咆吼で、潜む魔族を燻り出す！
暗黒竜が出たぞ!!

逃げろっ!!

超大型魔法陣展開――!!

巨大な魔法陣が『竜の息吹』の
残骸である大量の魔力を吸い込む。
次の瞬間——魔法陣の中心から、
まばゆく輝く光線が空へと放たれた。
ぐ…
ぐおおおお‼

ボウセイル――…
この街が
マティくんの
領地になるんですね。

マティアスが新たな領主となる、
イリスが破壊したボウセイルの街は、
土魔法によって整地され始めていた。
圧政は終焉を迎え、
近く活気を取り戻すことだろう。

Contents

失格紋の最強賢者
～世界最強の賢者が更に強くなるために転生しました～

Shikkakumon no Saikyokenja

失格紋の最強賢者

～世界最強の賢者が更に強くなるために転生しました～

Shikkakumon no
Saikyokenja

しっかくもんのさいきょうけんじゃ

11

著 進行諸島

ill. 風花風花

Story by Shinkoshoto
Illustration by Kazabana Huuka

紋章辞典 Shikkakumon no Saikyokenja

◆第一紋《栄光紋》《えいこうもん》

ガイアス（転生前のマティアス）に刻まれていた紋章で、生産系に特化したスキルを持つ。武具の生産だけではなく、食料に関する魔法や魔物を避ける魔法など、冒険において不可欠な魔法にも長けているため、サポート役として戦闘パーティーにも重宝される。初期状態では戦闘系魔法の使い手としても最強の能力を誇るが、その後の成長率や成長限界が低いため、鍛錬した他の紋章の持ち主には遥か及ばない（ガイアスを除く）。ガイアスのいた世界では８歳を過ぎる頃には他の紋章に追いつかれ、成人する頃には戦力外になっていたが、現在の世界（マティアスの転生先の世界）では魔法レベルが前世の８歳児よりも低いため、依然として最強の紋章として扱われていて、持ち主も優遇されている。

第一紋を保有する主要キャラ：ルリイ、ガイアス（前世マティアス）、ビフゲル

◆第二紋《常魔紋》《じょうまもん》

威力特化型の紋章で、初期こそ特筆すべき点のない紋章だが、鍛錬すると使役する魔法の威力が際限なく上がっていくため、非常に高火力の魔法が放てるようになる。ただ、威力が高い代わりに、魔法を連射する能力はあまり上昇しない。弓などに魔法を乗せて撃つことで、貫通力や威力をさらに上げることができる。他の紋章でも同じことは可能だが、射程距離や連射速度について、第二紋の持ち主には遠く及ばない。現在の世界においては、持ち主はごく普通の人物として扱われている。

第二紋を保有する主要キャラ：アルマ、レイク

◆第三紋《小魔紋》《しょうまもん》

連射特化型の紋章で、初期状態では威力の低い魔法を放つことしかできないが、鍛えることで魔法の威力と連射能力が上がり、一気に畳みかける必要がある掃討戦などにおいて高い力を発揮することができるようになる。現在の世界では紋章の種類によって連射能力の変わらない詠唱魔法を使うことが主流になっているため、その特性を正当に評価されず、第四紋《失格紋》ほどではないが、持ち主は冷遇されている。第二紋の持ち主のように弓に魔法を乗せることも可能だが、弓に矢をつがえて撃つまでに掛かる時間が魔法が発動するより長いため、実用性はやや低め。

第三紋を保有する主要キャラ：カストル

◆第四紋《失格紋》《しっかくもん》

近距離特化型の紋章で、魔法の作用する範囲が極めて短いため、基本的に遠距離で戦うには不向き（不可能）だが、近距離戦においては第二紋《常魔紋》のような威力と第三紋《小魔紋》のような連射性能、魔法発動の速さを兼ね備えた最強火力となる。ただ、その恩恵にあずかるには敵に近づく必要があり、近接戦を覚悟しなければならないため、剣術と魔法が併用できる必要がある。最も扱うことが難しい紋章。

第四紋を保有する主要キャラ：マティアス

第一章

Chapter 1

Shikkakumon no Saikyokenja

「何かあったの？」

急に倒れ、それから龍脈《りゅうみゃく》の様子を見始めた俺《おれ》に、アルマがそう尋ねた。

ルリイが心配そうな顔で、俺の様子を見る。

「一瞬、龍脈にものすごい魔力が流れてから、マティくんが倒れて……」

「ああ……ルリイも気付いていてたか」

そう言って俺は、もう一度龍脈の様子を確かめる。

やはり、間違いない。

龍脈に混ざっている魔力は『破壊の魔族』ザドキルギアスに近いパターンを持っている。

前世の俺が、死体すら残さずに殺したはずなのだが……なぜここに、あの魔力パターンがあるのだろうか。

まさか、あの時にまだザドキルギアスは死んでいなかった……？

可能性としては、ないとは言えない。

俺がザドキルギアスと戦ったのは、まだ若く、魔法に関する知識も乏《とぼ》しかった頃《ころ》だ。

巧妙に死を偽装されれば、騙《だま》された可能性はある。

今の俺なら、あの頃の俺を相手に、自分の死を偽装するくらいはできるだろう。

「さっき龍脈に流れた、あの魔力って、何の魔力なんですか？」

「あれは、魔族の魔力だ。……連中が蘇《よみがえ》らせようとしていた魔族が、さっき復活したみたいだ」

魔族が普通に龍脈に干渉したり、龍脈の近くを通ったりしたくらいでは、あれだけの量の魔力が龍脈に混ざる訳がない。

恐らく、何か特殊な魔法が関《かか》わっている。
『壊星』を使った蘇生魔法なども、可能性としてはあるが……龍脈に混ざった魔力の感じだと、恐らく『理外の術』は関わっていない。

そう考えつつ俺は、龍脈の方に目をやる。
龍脈の魔力は、先ほどに比べればだいぶ安定し始めていた。
今くらいのタイミングが、分析には一番向いている。

「ルリイ、分析を手伝ってほしい。少しの間、龍脈の魔力を安定させてくれるか？」

「分かりました！　ええと……『龍脈安定化』でいいですか？」

「ああ。頼んだ」

俺がそう言うと、ルリイは魔石を取り出して『龍脈安定化』の魔法を付与し始めた。
『龍脈安定化』というのはその名の通り、龍脈に流れている魔力を安定させる魔法だ。

もちろん龍脈に流れている魔力の量は膨大なので、簡単に完全に抑え込めるという訳ではないが、ないよりは大分マシな状態が作れる。
普段は、他の魔道具を龍脈に作用させる前に、前段階として使う魔道具だな。

「いきます！」

そう言ってルリイが魔道具を発動させると……周囲の龍脈の魔力が、少し安定し始めた。
まだ普段の龍脈に比べればかなり荒れているが、このくらいなら分析には十分だ。

「よし、いい感じだ」

俺はそう言って『龍脈の刃』を握る。
そして……龍脈に再度接続した。

「……うん、何とかなるな」

龍脈に接続しても、制御しきれない量の魔力が流れ込んでくるということはなかった。

時折、龍脈の魔力が荒れるタイミングで、普通より多い魔力が流れ込んでくるが、『龍脈安定化』のおかげで制御可能な範囲内に収まってくれている。

この状態なら、龍脈に混ざった魔力をかなり正確に分析できる。

龍脈の魔力を見たいなら、外から観察するより『龍脈の刃』で龍脈自体を体の一部にしてしまった方が手っ取り早い。

「これは……」

龍脈に接続して魔力を読み取ってみると、状況が大分分かってきた。

魔力反応のパターンは、確かにザドキルギアスと似ているが……これは恐らく、ザドキルギアスの体ではない。

——魔力反応というものは、体だけでなく、その体の中に宿った人格の影響を受ける。

魔法の副作用で記憶喪失になった魔法使いの魔力反応が、記憶喪失以前と全く違ったものになるというのは、有名な話だ。

そして、この龍脈に混ざったザドキルギアスの魔力は——恐らく、逆パターンだ。

ザドキルギアス以外の魔族の体に、ザドキルギアスの人格が宿っている。


前世の俺と今の俺は紋章が違うせいで、あまり魔力反応は似ていないのだが……魔族に紋章はないため、人格さえ同じなら、そこそこ似た魔力反応が出る。

だから、ザドキルギアスの人格を持った魔族が、ザドキルギアス本人と似た魔力反応を持つこと自体は、不思議でもなんでもない。


問題は……どうやってザドキルギアスの人格を持った魔族を作ったかだが……。

その答えは恐らく、俺と同じだな。

つまり、転生だ。


恐らくザドキルギアスは、自分が死んだ時にはその魂を保存する魔法か何かを、あらかじめ仕込んでいたのだろう。

前世の俺は、ザドキルギアスを殺すことには成功したものの、その魂保存魔法の存在には気付かなかった……といったところか。

「どんな魔族だか、分かりましたか？」

「ああ。……体の性能自体は、普通の魔族と大して変わらないな」

ルリイの質問に俺は、そう答える。

龍脈に流れている魔力から推定した、『破壊の魔族』ザドキルギアス転生体の、魔力や体力といった基礎的な性能は、普通の魔族と大して変わらない。

だからこそ、復活にかかる時間も短く済んだのだろう。

魔族達の予想だと、あと１ヶ月くらいで復活させるつもりのようだったが……力の小さい魔族の場合、復活させるのに必要な力も少なくて済むからな。

「え？　普通の魔族って……第二学園に出た魔族とかのことですか？」

「ああ。俺達が今までに10人以上倒してきた、ごく普通の魔族だ」

以前、第二学園を10人以上の魔族が同時に襲撃した際、俺は一人でその全員を討伐《とうばつ》したが

――ザドキルギアスの体の性能は、恐らくその時倒した魔族と同レベルだろう。

それでも、今の俺達に比べたらはるかに高い魔力や体力を持っている訳だが。

「えっと……魔族が頑張って復活させようとしてた割には、しょぼくない……？」

「普通の魔族も、危ないことには変わりないんですけど……わざわざ復活させるほどでもないというか……魔族達が書いてた情報の感じだと、ザリディアスより強い魔族のはずじゃ……？」

「そのくらいの魔族なら、ワタシでも勝てそうです！」

俺の言葉を聞いてアルマ達３人が、拍子抜《ひょうしぬ》けといった顔をした。

確かに、魔族の体の性能でいえば……今までザドキルギアス転生体より強い魔族なんて、いくらでも倒したことがある。

だが……。

「いや。今蘇った魔族とザリディアスが直接戦ったら、勝つのは多分蘇った魔族の方だな」

「えっ⁉」

俺の言葉を聞いてルリイ達が、驚いた顔をする。

ザリディアスは、以前に封印を解かれ、蘇った『混沌の魔族』だ。

俺は自分の魔力だけではザリディアスを倒しきれず、極《きわ》めて貴重な武器である『蘇生の剣』を使い捨てて、一度殺されながらなんとか勝利した。

だが……恐らくザドキルギアス転生体なら、武器などなくてもザリディアスを倒せただろう。

それは相性《あいしょう》の問題でもあるが、単純な強さの問題でもある。

「ザリディアスって……あのザリディアスですよね？」

「……普通の魔族の力で、勝てるの？」

「ああ。まず間違いなくな」

確かにザドキルギアス転生体は『体の性能』だけでいえば、普通の魔族レベルだ。

だが、『破壊の魔族』ザドキルギアスの恐ろしいところは、そこではない。

「確かに魔力の量や質……単純に出力という意味での質は、ザリディアスの方がずっと上だ。だが龍脈に混じっている魔族の魔力には、緻密《ちみつ》な制御力の痕跡がある」

「……制御力……？」

「ああ。魔力をどれだけ精密に制御できてるかってことだ。……つまり、魔法技術だな」

「量はザリディアスより少ないけど、技術が高い……それって、マティ君みたいな感じ？」

「まさに、そういうことだ。……今までの魔族は、技術や戦術の差で倒せた。だが今回の魔族は、そのあたりが他の魔族とは格段に違う」

俺達が今まで魔族に勝ててきた理由は、戦い方を理解していたのと、技術で勝っていたからだ。

だが……ザドキルギアスは、魔族の中でも特に技術に秀でている。

これは、前世の時代からそうだった。


ザドキルギアスは前世の時代で、一時は最悪の魔族として恐れられた存在だ。

しかし、前世の時代のザドキルギアスも、別に力が強い魔族という訳ではなかった。

単に戦闘技術が優れていたのだ。


前世の時代……それも俺が若い頃に、ザドキルギアスは魔族探知網に引っかかった。

当時のザドキルギアスも、魔力量で見れば普通の魔族……いや、むしろ平均以下といってていくらいの魔族だった。

だがその頃からすでに魔族の危険性は十分知られていたため、当時の魔法戦闘師達が、万全の部隊を組んで討伐に向かった。


当時の魔族討伐部隊は、優秀だった。

今の世界なら、最悪の魔族として恐れられるだろう魔族を何人も倒し、被害はほぼゼロ。

よほどの上級魔族でもなければ、魔族討伐部隊に被害を出すことはできない……というのが、当時の人々の共通認識だった。


その魔族討伐部隊は、わずか5分で全滅した。

平均以下の魔族など単独で討伐できるような魔法戦闘師が、6人もいたにもかかわらず。


国は討伐部隊が、罠《わな》にかけられたと考えた。

そして追加で、30人の魔法戦闘師と、魔法罠を警戒した戦闘のプロが送り込まれた。

それも全滅した。


当時の国の動きは早かった。

平均以下の魔力しか持たないザドキルギアスを、最上級魔族と同等の危険な存在として認定して、最上級魔族戦のエキスパートを送り込んだ。

そして、彼らも全滅した。

国にとっては、まさに悪夢だっただろう。


だが別にザドキルギアスは、最上級魔族を超える魔力など持っていなかった。

ただ単に、戦闘がうまかっただけだ。

「えっと……その魔族って、マティ君と同じくらい戦いがうまいの？」

「……魔族の力があって、マティくんみたいな戦闘技術があったら、もう止められないんじゃ……？」

アルマとルリイが、そう俺に尋ねる。

確かに……ザドキルギアスが俺と同等の戦闘技術を持っていたら、止めようがないな。

ザドキルギアスの戦闘は、とにかく洗練されている。

高威力の魔法が得意という訳ではないが、使い方と制御が特にうまいのだ。

特徴的なのは、対集団戦の場合だな。

普通は対集団戦の場合、一人ずつ敵を殺すことで、人数差による不利を減らしていくのがセオリーだ。

だが『破壊の魔族』ザドキルギアスは、決して敵を一人ずつ殺そうとはしなかった。

やろうと思えば即死させられる状況でも、あえて殺さず、腕や脚といった重要な部位を的確に破壊し、さらに傷口の再生を妨げる魔法を撃ち込んだのだ。

殺さないのは、もちろん慈悲《じひ》ではない。

あえて敵を生かしておくことによって、敵の部隊に対して負担をかけたのだ。

もし敵が死ねば、敵の戦力は一人分減ることになる。

だが敵のうち一人が毒や大量出血などで、死なずに苦しんでいた場合……部隊の仲間は、救護に向かうことになる。

傷を与えた本人に加えて、救護に向かう人間の戦力まで、一気に無力化できる。

そうして敵の部隊を機能不全に追い込んだ後で、一気に全滅させるという訳だ。

それでも……もちろん、効果的に敵に負担をかけるような攻撃は、ただ敵を殺すのとは比べものにならないほど難しい。

与えるダメージが小さすぎれば、簡単に治療され、反撃を受けてしまう。

かといって、威力を上げすぎたりすれば、今度は相手が死んでしまう。

敵を無力化しつつ、生かしておくためには、生き残ることさえ難しいような戦闘の中で、極めて繊細に魔法を使うことが求められるのだ。

言うのは簡単だが……それを実行するのは、非常に難しい。

似たようなことをしようとした魔族は何人かいるが、あの作戦を完璧《かんぺき》に運用できた魔族は、ザドキルギアス以外にいない。

それだけザドキルギアスは、飛び抜けた戦闘技術と、魔法技術を持っていたという訳だ。

恐らく転生魔法も、その技術を使って自力で開発したのだろう。

それでも……。

「戦闘技術なら、勝てるはずだ。……今までと違って、僅差《きんさ》だがな」

前世で戦った当時は、ザドキルギアスは俺より戦闘がうまかった。

俺があいつを殺せたのは、当時の俺の力が、ザドキルギアスより上だったたからだ。

もし俺の戦闘技術が当時と同じままなら、手のつけようはなかった。

だが幸いなことに、俺はザドキルギアスを倒した後も何百年と修行を重ね、技術を磨いた。
それに対してザドキルギアスは、今まで死んでいた……つまり恐らく、死んだ時の技術のままだ。

ありがたいことに今の俺は、ザドキルギアスと相性がいい。
さらに……俺はザドキルギアスの戦闘スタイルを、かなり詳しく知っている。

なにしろ――俺の戦闘技術の一部は、ザドキルギアスを倒した後で、あいつが使っていた戦闘技術を参考に作ったものなのだから。

「マティくんと、僅差……」

「それは確かに……ザリディアスよりやばいってのも納得かも……」

「……マティアスさんと僅差って、完全に化け物じゃないですか！　……ワタシ、逃げてていいですか？」

俺の言葉を聞いて、ルリイとアルマが緊張の表情を浮かべた。
イリスに至っては、縮こまってしまったようだ。

だが……もちろん俺は、負けるつもりなどない。
今回に限っては、勝てる材料もあるしな。

「一つ、いい情報もある。……今回の魔族の復活は、たぶん完全じゃない」

恐らくザドキルギアスは、転生魔法を使って今の時代に蘇った。
しかし……恐らくその転生魔法は、完全なものではない。

龍脈に混ざったザドキルギアスの魔族には、わずかながらノイズがあった。
魂に傷を負った者が発する、魔力のノイズだ。
恐らく、自作の転生魔法が完全でなかったため、魂に傷を負ってしまったのだろう。

魔族の魂は人間より頑丈だが、それでも傷は傷だ。
魔法制御にまで影響が出るレベルの傷ではないが……ザドキルギアスを倒すための糸口には

なる。

正直なところ、そのくらいの弱点がなければザドキルギアスを倒すのは難しい。
あいつが転生に失敗してくれていて助かったな。

「完全じゃないって……アンモール兄弟が呼び出した『戦技を極めし者』みたいな感じ？」

アルマが、そう俺に尋ねた。
確かに不完全な蘇生というと、あの『戦技を極めし者』を思い出す。

だが……今回のザドキルギアスは、あれとは別物だ。

蘇生魔法と違って、転生魔法は新しい体に魂を入れる。
そのため、蘇生魔法のような肉体の劣化は心配する必要がない。
その代わり、体はイチから作り直さないといけないというデメリットもあるのだが。

もしザドキルギアスの体が、生まれたての魔族と同じだったら楽だったのだが……龍脈に混ざった魔力を見る限り、違いそうだな。

若い魔族の体ではあるが、体自体はそこそこ完成している。そういう魔族だ。

恐らく、蘇生魔法に何か細工をして身体の成長を早めたとか、ある程度育つまで魔力を封印することで探知魔法を避けたとか、そんなところだろう。

「いや、恐らく目に見えるような劣化はないはずだ。普通に戦うぶんには、完全な蘇生と変わらない」

「普通に戦うぶんには……」

「つまり、普通には戦わないってことだね？」

「その通りだ」

正直、今の俺がザドキルギアスと普通に戦っていたら、命がいくつあっても足りない。

短期決戦なら勝ちようはあるが、ザドキルギアスほどの戦闘巧者なら、まず確実に長期戦でじわじわと体力を削る方法を使ってくるだろう。

かといって『魔毒』などの持久戦前提の戦術を使ったとして、それも即座に対策されるのがオチだ。

だからこそ、普通ではない戦い方をする。
敵の弱点をつけば、強引《ごういん》に短期決戦に持ち込めるからな。

とはいえ、短期決戦で勝てるのも、ザドキルギアスの力が今のままならの話だ。
ザドキルギアスの体はそこそこできあがっているが、まだ完全とは言いがたい。

つまり放っておけば、ザドキルギアスはどんどん完成に近付き、力を増していくという訳だ。
そうなれば、手のつけようがない。

「まずは急ごう。復活直後の今のタイミングが、一番倒しやすい」

「了解！」

「はい！　……あっちに行けばいいんですか？」

そう言ってルリイが、魔力が流れてくる方角を指す。

荒れた龍脈の魔力の中から方角を割り出すのは、結構難しいのだが……意外と正確だ。

「ああ。大体あっているが……今から正確な位置を確認する」

俺は龍脈の流れから、ザドキルギアスがいる場所を探る。

すると……ザドキルギアスがいる場所が、だいぶ正確に特定できた。

「ザドキルギアスは向こうだな。ちょうど王都の方角だ」

ザドキルギアスの魔力反応は、王都を通ってさらに進んだ場所にあった。

どうせ王都を通過することになるので、国王と校長あたりに連絡を入れていくか。

少し距離があるが、俺達の脚ならそう時間はかからないだろう。

「えっと……急ぐなら、ワタシに乗って飛んでいきますか？」

そう言ってイリスが、人の姿のまま両腕をパタパタさせた。

確かに、それが一番速くはあるが……。

「いや、歩いて行こう。確かに復活直後が一番倒しやすいが、2日や3日じゃほとんど変わらない。……イリスの力は、温存しておいてくれ」

「分かりました！」

今回の戦闘では、イリスが切り札になる。

イリスの『竜の息吹《いぶき》』は、技術がどうとかいうレベルではない威力を誇るからな。

あれをどう活《い》かすかが、今回の戦闘のポイントだ。

治療を続けているお陰もあって、イリスの魔力回路はそれなりに安定している。

『竜の息吹』を一度撃つくらいなら、まず問題ないはずだ。

だが……竜の姿で飛行すると、せっかく治療した魔力回路に、余計な負担をかけてしまうからな。

歩いて何とかなるところは歩いて、負担を軽くしていきたいところだ。

第二章

Shikkakumon no Saikyokenja

chapter 2

その日の夕方。

俺達《おれたち》は何事もなく、王都へと辿《たど》り着いていた。

魔族が原因と思《おぼ》しき異常な魔力の動きなども、特に見つかっていない。


「このまま、魔族のいる場所に行く？」


王都に着いたところで、アルマがそう尋ねた。

確かに、このまま王都を素通りして進んだ方が、ザドキルギアスのいる場所に辿り着くのは早い。

だが……。


「いや。ちょっと情報集めといこう」

ザドキルギアスの体は時間とともに完成に近付き、力を増していく。

だが、流石《さすが》に1日や2日で、大した差が出るようなものではない。

その程度の時間よりは、情報の方が大事だ。

魔族がいる場所の周辺地形や、周囲の街に関する情報は、時に戦況を左右する。

魔族絡みとなれば、王宮も大急ぎで対応してくれるだろうし、聞くだけは聞いていった方がいい。

第二学園には、グレヴィルもいるしな。


「とりあえず第二学園に向かおう」


王宮に連絡したいなら、直接向かうより第二学園に行った方が早い。

本来なら面倒な手続きが必要なところを、校長が裏ルートで通してくれるからだ。

そう考えつつ歩いていると、通信魔法がつながった。

通信魔法を発動したのは俺ではない。

この魔力は……グレヴィルだな。

『グレヴィル、何かあったか？』

『第二学園で龍脈を観測していたところ、魔族の魔力が混ざったのを感じました。マティアスさんが戻ってこられたのは、その件ですか？』

どうやらグレヴィルも、今回の件に気付いていたようだ。

王都は魔族の発生地点からそれなりに近いので、もしかしたら俺が摑《つか》んでいない情報を摑んでいるかもしれない。

『ああ。……状況はどうだ？　何か異変はあったか？』

『最初に魔族の魔力を検知してから、特に変わったことはありません。ただ……あの魔族、恐らく魔力の割に強いです。気をつけてください』

『そういえばグレヴィルは、ザドキルギアスを知らないのか』

俺がザドキルギアスを倒したのは、恐らくグレヴィルが生まれる前だ。

それでも強さに気付けるほど、ザドキルギアスの魔力は異常だということか。

『ザドキルギアス……『破壊の魔族』ですか？』

『ああ。かなり古い魔族だが、技術に特化したタイプの魔族だ』

『名前だけは、私も知っています。……そのため、魔力を感知してから、怪《あや》しげな動きがないか監視していたのですが……龍脈に、それらしき動きは全く見られませんでした』

なるほど。

とりあえず、龍脈が関《かか》わるような大規模魔法を使ってくることはなさそうだな。

元々ザドキルギアスは、あまり魔法の規模に頼るタイプではないのだが。

『今から第二学園に行くから、校長に伝えておいてくれるか？』

『はい。王宮に頼んで、魔族の発生場所周辺に関する情報も集めてもらっています』

もう動いているのか。仕事が早いな。

どうやら、グレヴィルを第二学園教師にしたのは正解だったようだ。

そう考えつつ俺は、第二学園の校長室へと向かった。

◇

「……たった数日間来ないだけで、校長室も随分立派になったな……」

第二学園に着くと、すでにエデュアルト校長はグレヴィルと共に、校長室で俺達を待っていた。

校長室には、以前はなかった盗聴対策設備が、幾重にも張り巡らされている。

教育機関の設備としては、明らかに過剰といってもいいくらいだ。

「第二学園はもう、ただの学校という感じではなくなってきていたので……生徒達と協力して、改修を進めているんです」

そう言ってグレヴィルが、部屋の入り口付近に設置された防音の魔道具に触れる。

「特にこの校長室は、王宮直通のホットラインまで引いたからな。今までは何かあった時、王宮までわざわざ行く必要があったが……今は魔道具を起動するだけだ」

エデュアルト校長の机の上には、魔法通信機が置かれていた。

盗聴対策が施された、有線タイプの通信機だ。

もはや学校というよりは、最重要の軍事施設って感じだな……。

実際、王国の騎士団と比べても、第二学園の戦力は劣っていないはずだし。

「それで、今日は新しく魔族が現れた場所についての情報を探しに来たんですが……」

「ああ。場所はもう特定済みだ。……このあたりで間違いないか？」

そう言って校長が、机の上に広げられた地図を指す。

地図の一点……ちょうど俺がザドキルギアスの魔力を感じたあたりに、赤いバツ印がつけられている。

恐らく、ザドキルギアスが転生した場所はここで間違いない。

その後に目立った動きがないということは、あまり遠くには移動していないだろう。

「周囲の状況はどうですか？」

「今のところ、魔族本人に気付かれないように情報を集めてもらっている。魔族の魔力量的には、騎士団と第二学園が協力すれば倒せるんじゃないかという話も出たんだが……グレヴィルが反対してな。今は情報集めだけだ」

賢明な判断だな。

前に訓練を見た限りでは、恐らく相手が普通の魔族一人なら、もう第二学園だけでもさほど危険なく倒せるはずだ。

だが、ザドキルギアスが相手となると……どう考えても全滅する。

「よくやった、グレヴィル。……今回の魔族は、極《きわ》めて危険だ。恐らく、1対1の戦いならザリディアスより強い」

「ありがとうございます。マティアスさん達に頼り切ってしまうのが申し訳ないですが……」

そう話していると……俺の背後の扉が開いて、一人の騎士が入ってきた。

王国騎士団長のガイルだ。

「王宮にあった情報を、片っ端からかき集めてもらった」

そう言って騎士団長が、空いていた机に書類を置いた。

書類は、およそ10枚といったところか。

多すぎも少なすぎもしない、素早い対応が求められる状況にちょうどいい量だ。

「結果はどうでした？」

「魔力源から最も近い街……ボウセイルは、1年前の領主交代から情報が少なくなっている。王国への報告書も、ところどころ情報が怪しかったみたいだ」

「情報が怪しい……どういうことですか？」

「畑の収穫量などの数字が、急に増えた。……収穫量を過大に量《はか》ることで、税収を上げようとしたのかもしれないな」

「……周囲に分かりにくいように、重税をかけた訳ですね」

この国では一応、税率は領主が決められることになっている。

そのため、税率を変えること自体は別に違法ではない。

とはいえ、税率にも相場というものがある。

あまり高い税率を課すと住民が疲弊して逃げ出したりするし、逆に税率が低すぎると、周囲の住民が集まるせいで、他の領地に迷惑がかかる。

ということで、実質的に税率は国が管理しており、相場を逸脱すると国から『是正勧告《ぜせいかんこく》』という形で指導が入り、それを無視し続ければ処罰が下ることもある。

そのため、よほどのことがなければ税率は変わらない。


だが……収穫量を過大に評価したりすれば、話は別だ。

たとえば農民に課される税は、収穫量の何パーセント、という形で決まっている。


つまり極端な話、100キロしか収穫がなかった畑を『200キロ採《と》れた』ことにすれば、倍の税を課すことができる訳だ。

もちろん、その負担を強《し》いられるのは税を払う領民達なのだが。


普通に考えて、領主が交代したくらいで作物の収穫量が増える訳がない。

何か収量改善に向けて手を打っていたなら、分からないでもないが……もし劇的に作物の収穫量が増えるような手を打っていれば、周囲にも噂《うわさ》くらいは広がるだろうからな。

何も広まっていないということは……恐らく収穫量は変わっていないだろう。


「……対応策はとっていたのですか？」

「改善の勧告を出した。それと受動探知が可能な者を派遣して、魔族がいないことだけは確認した。この間の『天の光』によって死んだ魔族もいない」

なるほど。

どうやら俺が使った『天の眼』は、天から降ってきた光ということで『天の光』と呼ばれているらしい。

あの魔法によって死んだ魔族がいないとなると……ボウセイルに魔族はいなかったか、中級以上の魔族がいたということだろう。

だが、もし中級以上の魔族がいてザドキルギアス復活のための準備をしていたとすれば、サンドグラフで書かれた書類に、その痕跡が残ったはずだ。

サンドグラフの書類には、ボウセイル付近に魔族がいるような情報は書かれていなかった。

下級魔族の配置なども、あそこに中級魔族がいるとは考えられないような配置だ。

ということで……恐らく今ボウセイルにいるのは、ザドキルギアスだけだろう。

ザドキルギアス以外に魔族がいるとなると、一気に戦いにくくなる。

その可能性がないのはありがたいな。

恐らく領主は不正に重税をかけるクズだが、ただのクズだ。

魔族は関係ないとみていいだろう。

「討伐《とうばつ》に支障はなさそうですね。……周辺の都市はどうでしょう?」

「怪しい動きは今のところない。隣のボルサンには魔族が潜んでいたようだが、すでに『天の光』によって死んでいる。……『天の光』様々といったところか」

今となっては分からないが、もしかしたらその魔族は、ザドキルギアスを復活させるためにいたのかもしれないな。

もう少し早くあの魔法を使えていたら、復活を阻止できたかもしれないが。

「状況は分かりました。……じゃあ、倒しに行きます」

「うん、行こう!」

俺の言葉を聞いて、アルマがすかさずそう答えた。

なんだか、普段より乗り気みたいだ。

「……アルマ、楽しそうですけど……何かあったんですか？」

ルリイも同じことを疑問に思ったらしく、アルマにそう尋ねる。

すると……アルマが答えた。

「ボウセイルって、ご飯がおいしいんだよね？　領地にいた頃、ボウセイル料理が絶品だって聞いて、一度行ってみたかったんだよね！」

「おお！　いいことを聞きました！　早速行きましょう！」

イリスも、わくわく顔で校長室を出ようとする。

それを見て……エデュアルト校長が、理解できないものを見る目で呟《つぶや》いた。

「……飯の話か。とても、魔族と戦う前の会話とは思えないな……」

「しかも相手はザリディアスより強い魔族。……普通の兵士なら、現実逃避に走っているのだとも考えられるが……」

「恐らく現実逃避ではなく、これが日常と化しているんでしょう」

騎士団長の言葉に、グレヴィルがそう答えた。

その様子を見て……ルリイとアルマが呆然《ぼうぜん》とした顔で呟く。

「……言われてみれば……今の話って、強い魔族と戦いに行く時の話じゃないですね……それなのに、違和感がなかったです……」

「もしかしてボク達、異常事態に慣れすぎ……？」

「今まで、異常な敵と戦わなかったことの方が珍しいですからね……」

言われてみれば……確かにそうだな。

転生して第二学園に入ってからというもの、ことあるごとに俺達は異常事態に巻き込まれている気がする。

いや、巻き込まれているというよりは、異常事態への対処に向かうことが多いのだが……それにしても、この頻度はおかしい。

「言われてみれば、確かにそうだな……」

前世の俺も、異常事態に巻き込まれることは多かった。

いつの間にか、最初は異常だと思っていたことが日常になって、何が普通で何が普通でないのか分からなくなったこともあったくらいだ。

今はちゃんと常識を獲得したので、そんなことはなくなったのだが。

しかし……ルリイやアルマは元々、普通の学生だ。

いくらパーティーメンバーだとは言っても、巻き込みすぎかもしれない。

冒険者として稼ぎたかったアルマに関しては、あまり問題ないのかもしれないが……。

「生産系志望なのに、戦いばっかり巻き込んで、何か悪いな……」

元々ルリイは物作りが好きな、生産系志望だ。

物作りの能力を鍛《きた》えるためにも、戦闘によって魔力を鍛えるのは有効なのだが……こうも連続となると、ちょっと申し訳なくなってくる。

適性もあるので、俺も生産系魔法を教えているのだが……何だかんだ、俺が戦う時にはいつも一緒に戦っているし。

そう考えていると……ルリイが口を開いた。

「確かに、戦いは多いですけど……私、マティくんとパーティーを組めて、よかったたって思ってますよ？」

「……そうなのか？」

「マティくんが戦いに行くのをただ見ているより、私も戦いたいです！　……何より、一緒にパーティーを組んでいるおかげで、マティくんと一緒にいられますし……」

なるほど。

確かに、生産系魔法を学ぶのに、俺の近くほど向いている場所はないな。

俺の前世は生産系特化の栄光紋（前世では、第一紋と呼ばれていたが）を持ち、生産技術を極めた魔法使いなのだから。

そういう意味では、俺のパーティーメンバーというのは、生産系魔法を学ぶのに最高の環境ともいえる。

「あの……言いたいこと、伝わりましたか？」

ルリイが不安そうな顔で、俺にそう聞く。

俺は、深く頷《うなず》いた。

「ああ、伝わったぞ」

「……伝わってないと思う……」

俺の言葉を聞いて、アルマがボソッと呟いた。

……ルリイの言葉の意味は、バッチリ伝わったのだが……。

そう考えていると、イリスがしみじみと呟いた。

「本当に、このパーティーに入れてよかったです……」

言葉に、実感がこもっている。

正直なところ、俺のパーティーの一番の被害者は、イリスだと思っていたのだが。

なにしろ、怪我《けが》をして山で休んでいたところを、乗り物代わりに引っ張り出された訳だからな。

そう考えつつ、イリスに視線を向けると……。

「……だって、このパーティーにいる限り、全《すべ》ての竜にとっての恐怖の象徴を敵に回さなくて済むんですよ！」

「マティ君って、そんな象徴だったの……？」

「初めて聞きましたけど……マティくんなら、竜に恐れられてても不思議じゃないです……。イリスさんと初めて会ったとき『竜の息吹《いぶき》』を消してましたし……」

前世の話、まだ引きずってたのか……。

もう何千年も前の話のはずなのだが。

「いや、恐怖の象徴ってのは、イリスだけの話だと思うぞ……」

そう答えつつ、俺は今までに起きた異常事態のことを思い出す。

確かに前世でも、異常なことが起きるのは珍しくなかった。

だが……それは数年に一度とか、数十年に一度とかの話だ。

それに比べて今の世界は、イレギュラーが多すぎる。

今の異常事態ラッシュに比べたら、前世の時代は平和だったとすら思えるくらいだ。

俺達が巻き込まれているというより、今の時代では異常事態が起きすぎだ。

毎月のように何かしらの異常事態が起きている。

そもそも魔族というのは、ポンポン復活するようなものではないのだ。

もしかしたら、裏側には何か『本当の原因』があるのかもしれない。

いくつか心当たりはあるが……それを探るにはまず、目の前の問題を解決する必要があるな。

「だが、すぐに現地へ行くということは……勝算があるんだよな？」

校長が俺に、そう尋ねる。

俺はその言葉に、迷わず頷いた。

「はい。……勝つ以外に選択肢はありません」

正直なところ、俺一人でザドキルギアスに勝てるかというと、かなり怪しいところだ。

だが４人で戦えば、勝てない相手ではない。

「行ってきます」

そう言って俺は、校長室の扉を開けようとする。

そんな俺を、一人の騎士が呼び止めた。

「こちらをどうぞ」

騎士はそう言って、俺に1枚の紙を手渡す。

「これは？」

「国王陛下から、これを渡すようにと仰《おお》せつかりました。……有効に使ってくれ、とのことです」

騎士が差し出した紙の一番上には『非常事態全権指揮官任命書』と書かれていた。

……どうやら、非常事態への対応で周囲の建物などに被害を及《およ》ぼした場合はそれを罪に問わず、損害に関しては国が負担する……という内容のようだ。

さらに、地元の騎士団などに指示を出す権限まで与えられるらしい。

今までも、同じような対応は行われていたのだが……明確に書面でもらえると、やりやすくて助かるな。

正直、都市の中で戦うとなると周囲への被害は避けられないし、騎士団の協力も、役に立つ場面はある。

たとえば王都で第二学園生が魔族と戦った時、周囲の一般人を避難させたのは騎士団だ。

彼らがしっかりと戦闘区域を封鎖してくれなければ、戦いはまた違った形になった可能性がある。


「国王に、礼を伝えておいてくれ」

「はい」


そう会話を交わして、俺達は王都を後にした。

目的地はザドキルギアスが復活した場所——ボウセイルだ。

第三章

Shikkakumon no Saikyokenja

chapter 3

それから2時間後。
俺達《おれたち》は作戦会議をしつつ移動を終え、ボウセイルへと辿《たど》り着いていた。
魔族らしき魔力は、今のところ見当たらない。

「とりあえず……それっぽい魔力はなさそうだね」

「ああ。予想通りだな」

そう話しつつ、俺達はボウセイルの街の中へと入っていく。

魔族の魔力が見当たらないのは、事前の予測通りだ。
ザドキルギアスは、いきなり正面から敵に喧嘩《けんか》を売るようなタイプの魔族ではない。

しっかりと準備をして、作戦を立てて……勝てる状況を作った上で戦うのが、ザドキルギアスのやり方だ。

それまでザドキルギアスは、潜伏して準備を固める。

ある意味、俺達が魔族と戦う時の逆パターンだな。

むしろ……ザドキルギアスが分かりやすく姿を現したら、そこには罠《わな》か策略があると考えるべきだ。

ザドキルギアスがまだ現れていないということは……まだ戦う準備ができていないということ。

俺達にとっては、好都合だ。

「作戦はちゃんと覚えてるか？」

「大丈夫！」

「バッチリです！」

「はい！　……ワタシ、あれを使うのは久しぶりですけど……頑張《がんば》ります！」

防音魔法を使い、最終確認をしながら俺達は街の中を歩く。

街の中は、あまり活気がない。

なんというか……みんな腹を空《す》かせている雰囲気だな。

露店《ろてん》に並んでいる食べ物も、とにかく安く腹を満《み》たすことを重視した、粗悪《そあく》な魔物肉や穀物《こくもつ》ばかりだ。

「……ここ、飯が美味《うま》いって評判の街だったよな？」

「そのはずなんだけど……うーん……」

確かに、街の中には飲食店らしきものが多い。

だが、そのほとんどは閉店中のようだった。

「やっぱり、収穫量を水増しして重税をかけてるみたいだな」

街には客の入っていない店や、営業していない店がたくさんあった。

冒険者向けの、安さ重視の店などは繁盛《はんじょう》しているようだが……手の込んだ料理を提供している店は、ほとんど全滅みたいだな。


恐らく、高い……というか、普通の価格の店に入るような余裕が、住民達にはないのだろう。

景気が悪いと言えばそれまでだが……ここまで酷《ひど》いのは初めて見るな。

魔族の手下と化した領主によって治められていた街の方が、よっぽどマシなくらいだ。


そう考えつつ俺は、街の中を歩く。

だが、やはり魔族らしき魔力は見当たらない。


街の中で、誰《だれ》かが死んでいるというようなこともない。

景気は悪いが……街の中で何かが起きているようには見えない。


……領主の館にも、怪しげな点は見当たらない。

領主自身の姿を確認した訳ではないが……グレイビーウッドの領主館のように、中がスカス力だったり、怪しげなスペースがあるということもない。

「うーん……見つからないね……」

「ここまで何もないとなると……もしかして、別の街でしょうか？」

「いや、このくらいは想定内だ。魔力で見つからないのは当然として、分かりやすい行動を起こさないことも、予想はついていた」


確かに、ザドキルギアスが別の街に移動している可能性も、ないとは言えない。

飛行すれば、魔力で分かるだろうが……普通の人間のふりをして歩いて移動すれば、見つけようがないからな。

ザドキルギアスほど技を持つ魔族が本気で魔力を隠蔽《いんぺい》すれば、魔力で見分けるのはまず不可能と言っていいくらいだ。

復活の際にあれだけ派手に魔力を撒《ま》き散らした以上、ここに対魔族戦闘に長《た》けた討伐隊《とうばつたい》が派遣されるのは、ザドキルギアスも予想済みのはず。

ザドキルギアスなら、討伐隊に勝てる可能性も高いが……そこで安易《あんい》に戦いを選ばないのが、あの魔族の厄介なところだ。

「よくあるパターンだと、領主を殺して成り代わってるとか？」

「それはあるかもしれないな。……しかし、この領地か……」

領主に成り代わるというのは、確かによくあるパターンだ。

それなりの権力を使って、自分に都合がいい状況を作りやすいし、死体をしっかりと隠滅すればバレる可能性も比較的低い。

特に、魔力を隠すのが得意な魔族なら尚更《なおさら》だ。

だが……こんな小さい街の領主に成り代わったところで、ザドキルギアスに大したメリットがあるとは思えない。

そもそも、ここの領主は不正に重税をかけたせいで、国から睨《にら》まれている身だ。

そんな領主に成り代わったところで、どうするというのだろうか。

恐らくザドキルギアスなら、もっと確実に討伐隊を返《かえ》り討《う》ちにできる手を採る。
龍脈に流れた魔力の量からして、最初から最大戦力の討伐隊が送り込まれる可能性が高いので、そいつらさえ潰《つぶ》してしまえば後は楽という訳だ。
問題はその方法だが……。

「……水か？」

そう言って俺は、近くにあった井戸から水を汲《く》み上げる。
そして、水をほんの少しだけ飲む。
すると体内の魔力が、ごくわずかに増えるような感覚があった。

「やっぱりそうか」

井戸の水に細工《さいく》がされている。
恐らく……地下水に特殊な魔法をかけたんだろうな。

「水に何かあるんですか？」

「ああ。ほんの少しだけ飲んでみると分かる。……少しだけにしておいた方がいいぞ」

俺の言葉を聞いてルリイ達3人が、おそるおそる水を飲んだ。

そして、アルマとルリイは顔をしかめた。

「ううん、なんかちょっと、嫌な感じがする……」

「言われないと気付かないような、微妙な違いですけど……なんだか、すごく冷たい感じがします。それも気持ちいい冷たさじゃなくて、体の底から冷えるっていうか……」

「美味《おい》しい水です！　……普通だと思います！」

どうやら、ルリイとアルマは分かるようだ。

イリスは……この水くらいなら、まず影響が出ないだろう。イリスにとってこの井戸の水は、ただの美味しい水だ。

「これは……サイヒル帝国で混ぜられたみたいな毒ですか？」

「いや。これは恐らく……魔力吸収性を高めただけの水だな。これを大量に飲むと、魔力の使い勝手が普段と少し変わる」


水には、空気に比べて多くの魔力を吸収する性質がある。

そのため探知魔法などの魔力は、水中には通りにくかったりする訳だ。

この井戸の水は、その魔力吸収性を、わざと高くしてある。


この水を飲んでも、すぐには何も起きない。

そのため、ある程度魔力の扱いに慣れた者でも、警戒していなければこの水に細工がされていることに気付けないだろう。

異変が起きるのは……この水を大量に摂取した後のことだ。


人間は1日に1．5リットル近い水を飲む。

そして、水は血管を通して全身を巡る訳だ。

体内を巡る水が、このような魔力吸収性の高い水になると……魔力が体に結びついてしまうため、普段よりわずかに放出の時間がかかることになる。

魔力が増えるため、一概にデメリットばかりとは言えないのだが、普段とは魔法の使い勝手が変わることだろう。

経験豊富な魔法戦闘師ほど、自分の体や魔力の扱い方をよく分かっている。

それは逆に言えば、自分の魔力の性質が急に変わってしまうと、力を発揮しきれないということだ。

討伐隊がまずこの街に来ることは、ザドキルギアスも予想していたはず。

そして……ザドキルギアスがうまく潜伏している限り、討伐隊はザドキルギアスを見つけられず、一旦《いったん》ここで食事をとる。

その際、この街の井戸の水を、間違いなく摂取することになるだろう。

「魔力の使い勝手が、少し……ってことは、死んだりお腹《なか》を壊したりはしないの？」

「ああ。しかも別に魔法を使えなくなる訳じゃないし、ここの水を飲むのをやめれば、数日で元に戻る」

「なんか、ずいぶんしょぼい細工なんだね……」

「……だからこそ、気付かれにくいってことですか……」

「そういうことだ」

ルリイが言う通り、この水の細工は『気付かれないこと』を最優先に作られている。
そのため、毒としての性能はさほど高くない……というか、毒とすら呼べない代物だ。
ただ一時的に、少しだけ戦いにくくなる。
本当にそれだけだ。
つまり……。

「この水は、飲んだやつを後で倒す前提で仕込んである訳だな。だからほぼ間違いなく、魔族はこの街にいる」

魔力吸収性を高めた水を飲み、討伐隊の調子が万全でなくなったところに逆に襲撃をかけ、敵の主力を倒すことで有利に戦う……というのが、ザドキルギアスの狙《ねら》いのはずだ。

となれば当然……討伐隊（俺達のことだ）が水を飲んだ後で、襲撃をかけられる場所にいる必要がある。

潜伏がバレないという、絶対の自信がなければできない作戦だが……ザドキルギアスなら、その自信は持っているだろう。

「ってことは、街の中にいるってこと……？」

「ああ。場所はもう、大体検討《けんとう》がついてるんだけどな」

「検討がついたって……？」

「冒険者ギルドだ。……あそこほど、潜伏に便利な場所もない」

ここボウセイルは、さほど大きい街ではない。

余所者《よそもの》が紛《まぎ》れ込《こ》んでいたら、住民達はすぐに気付くだろう。

誰かを殺して成り代わればバレない可能性が高いが、それより冒険者に紛れ込んだ方が、見つかる可能性は低い。

なにしろ冒険者はあちこちの都市を渡り歩くのが普通なので、余所者で当たり前だからな。

いい依頼がなければ、ぶらぶらして依頼を待ったりする冒険者も珍しくないため、依頼を受けなくてもあまり怪しまれない。

つまり、いくらでも紛れ込んでいられるという訳だ。


その上……ギルドには多くの人が集まるため、情報も入手しやすい。

大規模な魔族討伐隊などが送り込まれれば、真っ先にギルドに情報が入るだろう。

それどころか、討伐隊のメンバー自身がギルドに報告に来る可能性すらある。


これほど、潜伏に向いた場所もない。

ザドキルギアスが死んだ時代には、冒険者など存在しなかったため、冒険者ギルドを知らない可能性もあるが……そのくらいの情報は、復活してからでも入手できただろうし。

それを分かっていて俺は、あえてギルドの調査を最後に回した。

ザドキルギアスが相手となると、『ギルドに潜伏するはずだ』という思考すら読まれて、裏をかかれる可能性があったからな。

他の可能性をしっかりと潰してから、本命の調査という訳だ。

「ちょっと、ギルドの中を調べてくる。ここで待っていてくれ」

「一人で行くんですか？」

「ああ。不意打ちを仕掛けられる可能性もあるからな。……敵が行動を起こさなければ、俺は一度何もせず戻ってくる」

そう言って俺は、ギルドへと向かう。

今の状況で一番困るのが、４人全員でギルドに入ったところで、ルリイかアルマに対して不意打ちを仕掛けられることだ。

ザドキルギアスが相手となると、ルリイとアルマを両方守るのは厳しい。

だから俺としても、戦う時の状況はちゃんと選ぶ必要があるという訳だ。


その点、不意打ちを受けるのが俺自身であれば、対処は可能だ。

他人の身を守るより、自分の身を守る方が、よっぽど簡単だからな。

失格紋は防御魔法や回避魔法の発動も速いため、身を守るのに非常に向いた紋章だし。


（依頼書は……あそこか）


ギルドに入ってすぐ、俺は依頼書が張られている場所へと向かった。

俺は別に依頼を受けに来た訳ではないが、冒険者は通常、依頼を受けるためにギルドに来るものだ。

他の連中と同じ動きをしていた方が、怪しまれにくいからな。

そして俺は、依頼書に目を通すふりをして——近くにいた冒険者の魔力反応を窺《うかが》う。

すると……早速、ザドキルギアスが見つかった。

（あいつだな）

俺が目をつけたのは、ギルドの隅に立って戦術書を読んでいる長身の男。
その魔力反応は、紛れもなく人間のものだ。
魔族らしい点など、どこにも見当たらない。

もしあれが魔族だとすれば、完璧《かんぺき》な偽装だ。
討伐隊が魔族の魔力を探していても、絶対にあれが魔族だとは気付けなかっただろう。
だが……間違いない。あれがザドキルギアスだ。

長身の男の魔力は、魔族らしさなどどこにもない、綺麗《きれい》な魔力だ。
しかし……綺麗すぎる。
鍛錬を積んでいない人間の魔力というのは、もっとノイズが多いものなのだ。

魔力のノイズは、鍛錬を積むに従って小さくなっていく。
鍛錬によって、魔力の制御能力が上がっていくからだ。
だから魔力を見るだけで、魔法使いの実力はなんとなく予想がつく。

これはザドキルギアスが偽装の仕方を間違えたというよりは……この世界の標準的な魔法のレベルに気付いていないせいだろう。

ザドキルギアスの魔力のノイズは、前世の時代の標準的な魔法戦闘師と同じレベルに調整されている。

つまり、今の世界では化け物レベルということだ。

……これに関しては正直、ザドキルギアスの気持ちがよく分かる。

まさか死んで転生したら、ここまで魔法のレベルが落ちているなんて、普通思わないだろう。

今でこそ俺は、第二学園のおかげで立派にこの世界の常識を身につけた訳だが……ザドキルギアスは、死んで復活したばかりだからな。

偽装のための魔力の調整が今のレベルに合わないのも、仕方がないだろう。

そう考えつつ俺が依頼書を見ていると……ザドキルギアスの視線が、こっちに向いた。

どうやら、俺の魔力を観察しているようだ。

だが、数秒と経《た》たずにザドキルギアスは、俺への興味を失ったらしい。
視線はまた、本へと戻った。

（まあ、そうなるよな……）

俺の今の魔力は、前世の時代の魔法使いと比べると弱い。
年齢を考えれば当然だ。いくら効率的に鍛錬を積んだところで、短期間で魔力や体力を鍛えるには限界がある。

前世の基準を引きずったザドキルギアスには、俺が魔法戦闘師志望の子供に見えたことだろう。
少なくとも、強力な魔族を倒すために派遣された討伐隊だとは思わなかったに違いない。
そう考えつつ俺は依頼書を元の場所に戻し、ギルドを後にした。

「いたぞ。ギルドの中だ」

イリス達が待っている場所に戻り、俺はそう告げた。

「ギルドの中……本当にいたんですね……」

「戦闘にはならなかったの？」

「ああ。向こうも俺の存在には気付いたみたいだが……手を出してこなかった」

攻撃を仕掛けるタイミングは、いくらでもあった。

俺とザドキルギアスの間には10メートルほどの距離があったが、そんなものは失格紋以外の魔法戦闘師にとって、ないも同然の距離だ。

失格紋の間合いとしては遠いが、その気になれば一瞬で詰められるという意味で、実質的には射程範囲内と言っていいくらいだ。

「それって……警戒されてないタイミングで、不意打ちを仕掛けてくる……とかですか？」

「いや、不意打ちを仕掛ける価値すらないと思われているだろうな。まあ、そのために細工をした訳だが」

魔力を偽装していたのは、ザドキルギアスだけではない。

俺は俺で、ギルドに近付くとき、わざと魔力の制御を雑にすることで、未熟な魔法使いを装っていた。

ザドキルギアスの目には、俺のことが『ギルドにいる冒険者の中ではマシだが、やろうと思えばいつでも殺せる相手』に見えたことだろう。

「……本当に危険な人以外はスルーして、時間稼ぎって感じ？」

「要はそういうことだな。まあ、時間を稼がせてやるつもりなんてない訳だが」

そう言って俺は、周囲に走っている龍脈を確認する。

幸い、このあたりの地面には、なかなか多くの龍脈が通っている。

『人食らう刃』さえあれば、龍脈への接続はそう難しくない。

「作戦は、来る途中で伝えた通りだ。まずは住民を避難させるところからだな」

今回の作戦は、けっこう大規模なものになる。

そもそも『龍脈の刃』などを使って派手に暴《あば》れ回る時点で、周囲には被害が出る前提だ。物に関しては、『非常事態全権指揮官任命書』もあることだし、壊しても構わないのだが……流石《さすが》に住民に被害を出す訳にはいかないからな。

まずは住民に逃げてもらおう。

「……ってことでイリス、街の外で竜の姿に戻ってくれ。……いけるか？」

「今なら大丈夫です！　……街に入ると、家とか踏んじゃうかもしれませんけど、大丈夫ですか？」

「住民達の避難が済んだら指示を出すから、それまでは街まで入らないでくれ。その後は壊しても大丈夫だ」

今回は作戦の都合上、けっこう街に被害を及《およ》ぼすことになる可能性が高い。

というのも、ザドキルギアスが街中にいるため、そうしなければイリスの戦力を活《い》かせないのだ。

「罪悪感を感じる必要はないぞ。……ザドキルギアスを殺さなければ、住民達は家どころか命まで失うことになる。家は国から補償が出るが、命までは取り返せないからな」

「分かりました！　じゃあ……遠慮なくいきますね！」


そう言ってイリスが、街の外へと走っていく。

どの地点で竜の姿に戻るかは、事前の作戦会議で指定済みだ。

恐らくイリスが見えたら、住民達は真《ま》っ直《す》ぐイリスから遠ざかるように逃げることだろう。

怖い物を見た人間というのは、たとえその先が行き止まりだと分かっていても、恐怖から遠ざかるように逃げるものだ。

そして一般人にとって、竜の姿になったイリスは恐怖そのもののはずだ。

だから、街の出口のちょうど向かい側で、竜の姿に戻ってもらうことにした。

住民達は、ただ真っ直ぐイリスから逃げるだけで街から出られるという訳だ。

正直今回は、人気《ひとけ》のない場所に戦闘の場所を移せるほど余裕のある戦いじゃないからな。

各自で、自主的に避難してもらうほかない。

「えっと……王様からもらった『非常事態なんとか書』があれば、街の衛兵とかが協力してくれるんだよね？　イリスで驚かせるよりも、そっちの方が安全なんじゃ……」

「そうだったらいいんだがな……この街の衛兵が、役に立つと思うか……？」

「あー……確かに。その辺の人に頼んだ方が、まだ役に立ちそう……」

確かに、衛兵達にちゃんと避難を誘導してもらえるなら、その方が安全確実に住民達を逃がせる。

だが……それは、衛兵が信用できればの話だ。

偵察のついでに衛兵詰所の様子を見てみたが、状況はひどいものだった。

ちゃんと仕事をしていないどころか、詰所の中ではまるでならず者のような連中が、昼間から酒を飲んでいたのだ。

恐らく領主によって、まともな衛兵達はクビにされ、領主の手下となって過大な税を取り立てられる、ならず者のような連中が雇われたのだろう。

あいつらに協力を求めたところで、避難が進むとは到底思えない。ただザドキルギアスに俺達のしようとしていることがバレるだけだ。

となれば、竜の姿を見せて逃げてもらった方が、よっぽど早く避難が進む。

ザドキルギアスも一般人に混じって逃げるふりをするだろうが、攻撃を仕掛けて足止めすればいいという訳だ。

そう考えつつ俺は、探知魔法でイリスの移動を見守る。

そして数分後、イリスが予定の配置についた。

「じゃあ、いくぞ」

イリスの魔力反応が止まったのを確認して、俺は空に向かって、一種の爆発《ばくはつ》魔法を発動した。
爆発音が、周囲に響き渡る。
そして、数秒後――イリスのいた場所に、暗黒竜が現れた。

「……やっぱりでかいな」

この距離で見ると、竜の姿になったイリスはやはり迫力がある。
まあ見た目が変わっても、中身はイリスでしかないのだが。

「ま……街の外にドラゴンがいる！」

「は？　ドラゴンなんて……本当にいる……」

「どこかに、腕のいい冒険者はいないか！　……お前確か、Bランクだったよな？　何とかしてくれ！」

「バカ言うな！　あんなのに勝てる訳ないだろ！　……急いで逃げるぞ！」

イリスの姿を見て、街の中は大騒ぎになった。
あまりの恐怖に、泡《あわ》を吹いて倒れる者までいる。

今の世界では、ドラゴンは阻止不能な災厄として恐れられている。
そもそも、ドラゴン自体がもうほとんどいないのだが……その巨大さと圧倒的な力は、やはり恐怖の象徴だった。

そして住民達がイリスを恐れることは、決して間違ってはいない。
イリスはドラゴンの中でも、かなり高位に位置する暗黒竜だ。
もしイリスが今『竜の息吹』を放てば、街は跡形《あとかた》もなく消滅し、生き残るのはザドキルギアスだけだろう。

「おい、そこのお前！　早く逃げた方がいいぞ！」

「ドラゴンだー！　見たこともない巨大なドラゴンが現れた！　みんな逃げろ！」

「こっちだ！　早く逃げるぞ！　冒険者は子供や老人を運んでくれ！」

狙い通り、迅速に避難が始まったようだ。

子供や老人が置き去りにならないかどうかは、少し心配していたのだが……そのあたりは、ギルドや冒険者達が何とかしてくれているようだ。

どうやらこの街の住民達は、団結力が強いらしい。

魔力反応を見る限り……逃げ遅れそうな人はいないな。

そう考えていると……イリスが竜語で叫《さけ》んだ。

『おぉー！　体が軽いです！　やっぱりマティアスさんの治療は効きますね！』

どうやら、体の動きがよくなったことを喜んでいるようだ。

イリスの体――特に翼や魔力回路は元々、魔素融合炉の爆発に巻き込まれたせいでボロボロだった。

俺はイリスと共に旅をしながら、傷ついた魔力回路に治療を施していたのだが……効果があったようでよかったな。

『これなら、『竜の息吹』もいけそうです！　ありがとうございました！』

戦闘前にもかかわらず、イリスは俺に対してお礼を言う。

一方、その声を聞いて——街の中はパニックになった。

「ド……ドラゴンが怒っている！」

「何でこんな場所にドラゴンが！」

「ひぃいいいぃぃぃぃ！　も、もう終わりだ！」

体の調子がいいことを喜んでいただけのイリスの声を、住民達は怒りの声として解釈したらしい。

住民達は、大慌てで街から逃げ出した。

もう、街の中でイリスに近い側の半分は、完全に無人になったようだ。

そんな様子を見ながら、俺はアルマとルリイに告げる。

「二人は予定の場所で待っていてくれ。……後の作戦は、来る途中で伝えた通りだ」

「はい！」

「了解！　……責任重大だね！」

そう言ってルリイとアルマが、街の中を走り始めた。

俺はそれを確認して、ギルドの方へと向かう。

（やっぱりか）

ザドキルギアスの姿を見て、俺《おれ》は心の中でそう呟《つぶや》いた。

ギルドからも冒険者達が逃げる中、ザドキルギアスは避難民の集団から少し遅れた場所を、ゆっくりと走っていた。

その動きは他の住民達のように、恐怖に囚《とら》われたものではない。

周囲の動きを警戒しながら、取るべき行動を考えている雰囲気だ。

ザドキルギアスにとって、今は避難が必要な状況ではない。

『竜の息吹』も、警戒すれば避《よ》けられるため、過剰な警戒は必要ないのだろう。

敵がイリスだけなら、どうとでもなるという訳だ。

今ザドキルギアスが警戒しているのは、一般住民に紛《まぎ》れて街の中に潜んでいるかもしれない、魔族討伐《とうばつ》部隊だ。

ギルドの中に留まっている時なら、ザドキルギアスを取り囲もうとする動きは簡単に分かるが……住民達の避難で混雑した街の出口では、そうもいかない。

人混みの中なら、ザドキルギアスを取り囲むのは簡単だ。

前世の時代にいたような、隠蔽《いんぺい》魔法に長《た》けた討伐部隊なら、一般人との区別がつかないような偽装も不可能ではない。

ただ避難を急いでいるふりをして、ザドキルギアスの周《まわ》りに殺到するだけで、簡単に包囲網が完成してしまう。

圧倒的な技術を持つものの、純粋な力では劣るザドキルギアスにとって、包囲されての戦いは不利だ。

技術も何もないほどの弾幕と物量で押し潰《つぶ》されるような状況は、ザドキルギアスも避けたいはず。

実際には、今の世界にそのような討伐部隊は存在しないのだが……あいつは、そのことを知らないだろうしな。

かといって、全く避難しないのでは、それはそれで簡単に討伐部隊に見つかってしまい、わざわざ人間に化けている意味がなくなってしまう。

そこでザドキルギアスは、わざと少しだけ逃げ遅れ、混雑を避けるようにしたという訳だ。

まあ、予想通りの動きだな。

(……そろそろか)

すでに、街の中で人の魔力反応があるのは、街の出口付近だけになっていた。

街の出口の門に避難する人々が殺到して、そこで混雑が発生しているようだが……この状況も、あと数分で解消されるだろう。

そんな状況の中……俺は動いた。

俺は剣を抜き、ザドキルギアスの背後の死角へと入る。

そして……完全に気配を消しながら、ザドキルギアスの首へと斬《き》りつけた。

通常の魔族と同レベルの身体的能力しか持たないザドキルギアスなら、即死させられる威力の剣だ。

——それは、当たりさえすればの話なのだが。

「遅い」

ザドキルギアスは俺の方を見もしないままそう呟き、最小限の防御魔法を発動して、剣の軌道を逸《そ》らした。

剣に対して斜めに防御魔法を発動することで、あまり高出力ではない防御魔法でも、攻撃を防ぐことができる。

言うだけなら簡単だが……実際にやろうとすると、極《きわ》めて高度な魔法制御能力が必要になる技術だ。

それを、剣を見ることすらせずに成功させる……。

ザドキルギアスの技術は、転生しても衰《おとろ》えていないようだな。

少しくらい腕がなまっていないかと、期待していたのだが。

「……一人か？」


ザドキルギアスが俺の方を向かなかったのは、別に油断しているという訳ではない。

むしろ逆——最大限の警戒を周囲に払うためだ。

特に、避難民の中に紛れている可能性がある、他の討伐部隊員へと。


実際……前世の魔族討伐部隊であれば、今のザドキルギアスが俺の方を振り向いたタイミングで、避難民に紛れ込んだ部隊員が総攻撃を仕掛けたことだろう。

俺がザドキルギアスの関心を引き、振り向かせることができれば、他の部隊員は比較的防御の薄い背後から攻撃できるという訳だ。

その場合、俺は恐らく真っ先に殺される訳だが……まともな手段では倒せない魔族が相手の場合、捨て駒《ごま》を使うというのも、前世ではそこまで珍しい話ではなかったからな。


「……援軍は来ないのか？」


ザドキルギアスはそう呟きつつも、棒立ちの姿勢から一歩も動こうとしない。

だが、何もしていないという訳ではない。

姿勢を一切《いっさい》変えないことで、不意打ちに対する最高の防御態勢を保っている。

一方、俺も受け流された剣を構え直した状態から、動かない。

前世の時代にも、ザドキルギアスとの戦いの序盤は、こういった『動かない戦い』になった覚えがある。

むしろ、この静かさこそが、技と技がぶつかりあっていることの証拠なのだ。


攻撃に力を割くと、必然的に防御に割ける力は減ることになる。

つまり攻撃を仕掛けるということは、隙《すき》を見せるということでもある訳だ。

通常の戦闘なら、小規模な魔法の隙くらいは問題にならないが……技術に長けた者同士の戦いだと、その一瞬の隙すら命取りになりうる。


ザドキルギアスは、いつどこから攻撃が飛んできても回避し、即座に反撃できるように構えている。

あえて相手に先制攻撃させて、カウンターを狙《ねら》う形だ。

俺はそれに対して、攻撃的な構えを取っている。

ザドキルギアスが少しでも隙を見せれば、回避を魔法で潰《つぶ》し、防御の暇もなくザドキルギアスを斬れる。

俺はザドキルギアスの背後を取った形なので、比較的攻めやすい。
だが……つけ込めるような隙を、ザドキルギアスは見せてこない。
安易に攻撃に走れば、即座にカウンターで潰されることだろう。

そんな膠着《こうちゃく》状態が、1分近くも続いた。

「援軍は来なかった……か」

街の出口から避難民達がいなくなったのを確認して、ザドキルギアスはそう呟いた。
ようやく避難民に紛れた魔族討伐部隊に不意打ちを受ける心配がなくなり、俺だけを警戒できるようになったという訳だ。

それから、ゆっくりと俺の方へと向き直る。
その動きにすら、隙がない。

「なるほど。ただの子供だと思っていたが……思い違いだったようだな。なかなか隙がない」


そう言ってザドキルギアスが、俺を見据える。

だがその視線は、俺の目ではなく手足に注《そそ》がれている。

常に攻撃を警戒しているだけでなく……俺が一瞬でも体勢を崩したり、隙を見せたりすれば、即座に攻撃を仕掛けられるという訳だ。


（……ルリイ達を離しておいてよかったな）


ザドキルギアスの魔力は、普通の魔族と同レベルだ。

だが……対峙《たいじ》しただけで分かる。やはりこいつは格が違う。

もしルリイとアルマが近くにいたら、一瞬で殺されていただろう。

俺でさえ、少しでも気を抜けば、次の瞬間には首が飛んでいるはずだ。

こんな状況をいつまでも続けていても、ただ神経をすり減らすだけにしかならない。

ようやく住民達の避難が終わったのだ。
元々の作戦を実行するとしよう。

ザドキルギアスは、住民達に紛れ込んだ討伐部隊から襲撃を受ける可能性を排除するために、避難が終わるのを待っていた。
だが——住民達の避難が終わるのを待っていたのは、ザドキルギアスだけではない。
俺は俺で、住民が避難を終えるのを待っていたのだ。
イリスが周囲を気にせず、存分に暴《あば》れられるように。

「イリス、やれ」

『了解です！』

俺が指示を出すと、イリスが飛び上がった。
そして上空から急降下し——ザドキルギアスがいる場所に、思い切り爪《つめ》を振り下ろす。

「……随分と乱暴な真似《まね》をするものだな。あの暗黒竜……さては貴様の仲間か」

そう呟きながらザドキルギアスは、斜め後ろへと跳んで爪を回避した。

空振りしたイリスの爪が地面をえぐり、周囲の建物を吹き飛ばしていく。

『今度は、こっちです！』

イリスはさらに竜の尾で、地面をなぎ払う。

石造りの建物をまるで紙細工《かみざいく》のように吹き飛ばしながら、ザドキルギアスへと竜の尾が迫る。

地面は巨大な尾に根こそぎなぎ払われ、ザドキルギアスの逃げ場を消滅させた。

「チッ……」

ザドキルギアスは舌打ちをしながら、空中に跳んでそれを回避する。

だが――地面から脚を離すということは、支えを失い、わずかに姿勢が不安定になるということを意味する。

その隙を、俺は見逃さなかった。

俺は魔法で一気に加速し、ザドキルギアスに斬りつける。

一瞬の隙さえあればザドキルギアスは足下に結界を展開し、姿勢をまた安定させられる。

だが俺は、それを許さない。

ザドキルギアスは、さっきと同じように結界魔法で剣筋を逸らそうとしたが――俺はそれを読んでいた。

俺は、敵が張った結界魔法のさらに奥に結界魔法を展開し、剣筋を再修正する。

2枚の結界に当たった剣が、ザドキルギアスの重心付近――最も避けにくい位置を斬るような軌道だ。

『斬鉄』『鋭利化』『魔力撃』――。

俺はザドキルギアスを直撃する軌道に入った剣を、魔法で強化する。

このまま当たれば、ザドキルギアスを胴体から真っ二つにできる威力だ。

だが――。

「遅いな」

ザドキルギアスは手に持った剣で、俺の剣を受け止めた。

こいつは俺と同じように、剣と魔法を両方使って戦うタイプだ。

剣筋を逸らす結界魔法は、最初の一手でしかない。

だが、俺が結界で剣の軌道修正をしたのが、無意味だった訳ではない。

もし俺が、剣の軌道を再修正できていなかったら——今の剣は防御ではなく、俺を斬り刻むために使われたことだろう。

防御に力を割かせることで、カウンターの機会を潰したという訳だ。

——今ところ、俺の予想通りの展開だな。

俺は剣を弾かれながらも、魔法を発動した。

『速雷』という、電撃系魔法。

発動が速いが、威力はさほどでもないという、地味な魔法だ。

だが、技と技のぶつかり合いでは、地味な魔法こそが物を言う。

いくら高威力な大規模魔法であっても当たらなければ意味はないし、地味な魔法でも敵の行動を妨害して隙を作れれば、その隙に敵を殺せるからだ。


俺が狙うのはザドキルギアスの足下。

避けられても体勢を崩せるという意味で、足下狙いは極めて有効だ。


「くっ……」


ザドキルギアスは防御魔法でそれを防ぎつつ、『過冷却水粒群』という魔法を発動した。

過冷却——安定した状態で水を冷却したとき、水が凍らないまま0度以下になる現象だ。

この状態の水は、衝撃を与えると同時に、その場で氷に変化する。

この魔法は名前の通り、過冷却された水の粒を大量に敵へと吹き付ける魔法だ。

直接的に敵を倒せるような魔法ではないが——過冷却水は敵に当たると同時に氷へと変化し、敵にまとわりついて動きをにぶらせる。

今の状況では、命取りになる魔法だ。

俺はそれに対し——『衝撃刃』の魔法を発動する。

すると剣から衝撃波が発生し、空中へと拡散した。

結果、空中を飛んでいた『過冷却水』は全《すべ》てただの氷の粒へと変わり、意味を失った。

『過冷却水粒群』と防御魔法。

2つの魔法を同時発動した隙をついて、俺は剣を突き出す。

ザドキルギアスはその剣を受けようとするが——剣と剣がぶつかり合う瞬間、俺は剣に魔法を発動した。

——『共振剣』。

自分の剣に特殊な振動を付加し、敵の剣を介して敵の骨と共振させる魔法だ。

これを受け続ければ共振によって敵の骨には異常な振動が起こり、内部から破壊されることになる。

共振現象を起こすにはある程度の時間が必要な上に、骨を粉砕できるほどの威力はないのだが――骨にひびでも入れば、ここからの戦いはかなり有利に進められる。

だが、それをザドキルギアスは理解していたらしい。
共振が大きくなる前に、ザドキルギアスは剣を受け止めた手を引っ込め、体をひねった。
しかし避けきれずに、俺の剣はザドキルギアスの肩口を浅く斬った。

俺はさらに追撃しようとするが――残念ながら滞空時間が終わってしまった。
地面という足場を取り戻したザドキルギアスは、一気に失格紋の射程外まで距離を取る。

「貴様、一体何者だ⁉　その剣をどこで……」

俺から離れた場所で、ザドキルギアスは驚愕《きょうがく》に目を見開いていた。

「さあな」

ザドキルギアスが驚くのも無理もないだろう。
なにしろ前世の時代でザドキルギアスを敗北に導いたのが、この『共振剣』なのだから。

敵の剣を介して敵の骨を壊せる『共振剣』は、一見便利な魔法に見えるが——実はかなりの欠陥魔法だ。

欠点はいくつもある。
まず、単純に威力が低い。
普通の魔族の骨になんとかひびを入れられる程度の威力でしかない『共振剣』は、高位の魔族や魔物を相手にすると、そもそも全く効かない。ただ振動が腕に伝わって不快なだけだ。
そして『共振剣』が効くレベルの相手なら、敵の技術がよほど優れていない限り、もっと単純な魔法で簡単に殺せる。

つまり『技術は高いが、体はそこまで頑丈ではない』——前世の時代でも数人しかいないレベルの希少種を相手にするときだけ役立つ魔法が、この『共振剣』という訳だ。

俺がこの魔法を開発したのは、ザドキルギアスを倒すためだ。

前世で俺とザドキルギアスが戦った頃、まだ俺は若かった。

純粋な戦闘技術では、まだザドキルギアスの方が上だったくらいだ。

そのため、正面から普通に戦ったのでは、勝つのは困難だった。


そこで開発したのが、この『共振剣』だ。

俺の魔法はことごとく回避され、俺の剣はことごとく受け止められる。

だが、俺の剣を受け止めるザドキルギアスの体自体は、そこまで頑丈ではない。

だからこそ、あえて剣を受け止めさせることで体を壊せる『共振剣』が、非常に有効だった。

いわば『共振剣』は、ザドキルギアスのように技に長けた魔族を殺すために特化した魔法なのだ。


「……まさか今の世界で、その魔法を使う者と出会うとはな」


ザドキルギアスはそう言って、先ほどまでより少し距離を取った形で俺と対峙する。

失格紋相手には、距離を取るのがセオリーだ。

特に『共振剣』のせいで斬り合いを避けたいザドルギアスとしては、遠距離での魔法戦闘が最適解となる。

だが、それはイリスがいなければの話だ。

俺から距離が離れるということは、イリスが攻撃しやすくなるということでもある。


『離れました！　やっちゃいますね！』


俺とザドキルギアスの距離が離れたのを見て、イリスは爪を振り下ろした。

先ほど俺が距離を詰められたのも、イリスがザドキルギアスを強制的に跳ばせたからだ。

それを、もう一度やろうという訳だ。


ザドキルギアスはそれに対して、あらかじめ空中に結界魔法を展開し、足場とすることで回避した。

先ほどよりも距離があるので、それで間に合うという訳だ。


だが――それでも結界魔法を展開する瞬間、わずかに隙はできる。

技術の問題ではなく、単純な魔法出力の問題だ。

攻撃を当てられるレベルの隙ではないが――距離を詰めるくらいはできる。

その隙を利用して、俺は近距離戦という状況を作り出す。

「……面倒な手を」

俺が『共振剣』を付加しながら振る剣を、ザドキルギアスが自分の剣で受け止める。
すると——剣と剣がぶつかりあう直前で、俺の剣が後ろへと跳ね返された。

——『反射撃』。

剣から大量の魔力を一気に放出し、その圧力によって敵の剣を瞬間的に弾《はじ》き返《かえ》す魔法だ。
敵の剣にどんな魔法が付与されていようと問答無用に弾き返すこの魔法は、近距離での斬り合いにおいて無類の強さを誇る。
生半可な剣の使い手であれば、剣を弾いた隙にとどめを刺せるくらいだ。
前世の世界では、この『反射撃』のせいで、剣に付与するタイプの魔法が軽視されていた時代すらある。

だが、それだけ強力な魔法が、何の代償もなしに使える訳がない。

この『反射撃』は大量の魔力の圧力で剣を吹き飛ばす、ある意味単純な魔法だ。

だからこそ他の魔法の影響を受けにくい訳だが——その代償として、この魔法は瞬間的に大量の魔力を放つことを必要とする。

『反射撃』に必要な魔力を瞬間的に放出することができる者は、失格紋を持った剣士の中でも、特に頑丈な魔力回路を持つ者か、ザリディアスすらはるかに超える力を持つ、超高位の魔族だけだ。

それ以外の者がどうするのかというと、あらかじめ剣に魔力を溜《た》めておいて、必要な時に放出することになる。

その魔力を溜めるための魔法負荷が大きいせいで、『反射撃』の使い手は、並行して他の魔法を発動できなくなるという訳だ。

それに対して俺は、『反射撃』に比べればはるかに発動の簡単な『共振剣』の魔法負荷だけで戦える。

つまり、余力で攻撃魔法を撃てるということだ。

「……これも避けるか……」

攻撃魔法を織り交ぜながら『共振剣』で攻める俺の攻撃を、ザドキルギアスが何とかさばく。

『反射撃』を使わざるを得ない状況で、その負荷に耐えながら攻撃をさばくのは難しいはずだが――うまく避けるものだな。

そう考えていると、ザドキルギアスが俺の剣を弾き返しながら口を開いた。

「貴様……技術だけなら、前世の私を殺したやつより上だな」

前世のザドキルギアスを殺したやつって……俺のことか。

確かに、あの頃《ころ》よりも今の俺は、だいぶ魔法技術が上がっているからな。

今考えてみれば、あの頃の俺はなかなかお粗末な戦闘をしていたものだ。

……とはいえ、当時でも俺はすでに80歳くらいだったので、魔力や魔力回路は今とは比べものにならないほど強かった訳だが。

そう考えつつ俺は答える。

「そうか。じゃあ今回も、お前は死ぬんじゃないか？」

「そうはならない。いくら技があろうとも、絶対的な力の差というのは覆《くつがえ》しがたいものだよ。……実際、これだけやって貴様が私に傷を与えられたのは、最初の――『共振剣』の不意打ちだけだ」

そう話しつつ、ザドキルギアスは反撃の隙を窺《うかが》っている。

今ザドキルギアスが話をしているのも、俺の戦闘のペースを乱すためだろう。

戦闘慣れしていない者だと、言葉を発する時に呼吸のペースがわずかに乱れ、隙ができることがある。

それを狙っているのだろうが――残念ながら、俺には無意味だ。

もしかしたら、前世の80歳の頃の俺には通じたかもしれないが。

「……貴様、何歳だ？　その魔法技術に、底知れぬ剣技の腕――子供とは思えんな。私と同じ『転生者』だったとしても驚かないくらいだ」

俺に隙ができないのを見て、ザドキルギアスがそう呟いた。

どうやら、正体を当てられてしまったようだ。

まあ正体を知られたところで、対処などしようがないのだが。


「さあな」


そう言いながら俺は、『隙』を作らないように気をつけつつ攻撃を仕掛け続ける。

難しいのは、ザドキルギアスが探している『隙』は、通常の戦闘で言う『隙』とは違うからだ。

ザドキルギアスが探しているのは、何の代償もなく俺に攻撃を与えられる状況ではない。

致命傷にならない形で俺の攻撃を『受け』つつ――それと引き換えに、俺に致命傷を与えられる状況だ。

……ザドキルギアスの体の性能が普通の魔族と変わらないとはいっても、俺に比べればはるかに頑丈だからな。

たとえ腕を片方斬り飛ばされたとしても、代わりに俺の首を飛ばせれば勝ちという訳だ。

そんな『隙』を狙われている俺は、常にザドキルギアスに対して、致命傷となる攻撃を続けることを強いられる。

俺が使うことを許されるのは、当たれば即座にザドキルギアスの命を奪うことができるだけの攻撃か、そうでなければザドキルギアスの捨て身の反撃を回避できるような体勢を維持したまま繰り出せる攻撃だけだ。

そのため、今は優勢に見える俺も、見かけほど自由に動けるという訳ではない。

それでも有利に戦えているのは、イリスの存在が大きい。

今のところイリスの攻撃は一度も当たっていないが、イリスには『竜の息吹』がある。

『竜の息吹』はすさまじい攻撃範囲を誇る上に、当たればザドキルギアスを跡形もなく消滅させるだけの威力を持っている。

つまり、ザドキルギアスは、いつイリスが『竜の息吹』を発動しても避ける覚悟をしておかなければいけないのだ。

ザドキルギアスはそのために、翼をいつでも起動可能な状況に保っている。

平時なら姿勢制御などに使える翼をあえて使わず、非常時のために温存しているという訳だ。

そうしておけば、翼を起動する瞬間に隙こそできるものの、『竜の息吹』による即死は避けられる。

魔法に長けた者にとって、即死でない傷を回復するのは難しくない。

『竜の息吹』が発動すれば、回避手段を持たない俺は死ぬため、たとえ多少の傷を受けたとしても、それをゆっくり回復する時間はあるという訳だ。

それを分かっていながら、これからイリスは『竜の息吹』を撃つ訳だが。

「イリス、いけ！」

『了解です！』

俺《おれ》の声を聞いて――イリスが爪《つめ》を地面に食い込ませ、体を固定した。

イリスの魔力回路は安定している。一度くらい『竜の息吹』を使ったところで、問題のない状態だ。

そして――。

『いきます！』

そう言ってイリスが『竜の息吹』を展開し始めた。

膨大な量の魔力が、竜の姿となったイリスの口に収束され始める。

それを見て、ザドキルギアスが焦《あせ》りの表情を浮かべた。

「――やはり捨て駒《ごま》だったか！」

ザドキルギアスはそう叫びながら、翼に蓄えていた魔力を放出し、魔族の翼が持つ加速能力を発揮させる。

もちろん、近距離での斬《き》り合いの最中にそんなことをすれば、隙《すき》だらけになるに決まっている。

その隙を逃すはずもなく、俺はザドキルギアスの首へと斬りつけた。

剣で受けられる軌道でも、避《よ》けられる軌道でもない。

ここでザドキルギアスが死なずに済む、唯一の手段は――。

「正解だ」

俺はそう呟《つぶや》きながら、剣を振りぬいた。

だがザドキルギアスの首は飛ばず、代わりにザドキルギアスの左腕が宙を舞う。

ザドキルギアスは左腕と引き換えに、首を守ったという訳だ。

左腕を失いながらも、ザドキルギアスは一切《いっさい》動揺した様子を見せずに、翼を使って真っ直《まっす》ぐ上へと急加速した。

ザドキルギアスは左腕と引き換えに『竜の息吹』の射程から逃れるための時間を得たという訳だ。

『竜の息吹』は地面を伝わって広範囲を吐き尽くすため、地上にいる限りほぼ逃げ場のない魔法だ。

だが空中に関しては、そこまで逃げ場がないという訳ではない。

高位の暗黒竜たるイリスの炎でも、上空300メートルほどまで浮上すれば死なずに済む。

すでにイリスの『竜の息吹』は発動寸前で、軌道の修正はできない。

左腕を失ったザドキルギアスが逃れた後の、俺しかいない場所に、イリスの『竜の息吹』が放たれる。

その直前の一瞬で、俺は魔法を発動した。

転生した俺が、イリスと出会った直後に使ったのと同じ――『竜の息吹』を破壊する魔法だ。

「なっ……」


俺が発動した魔法が『竜の息吹』に当たった瞬間、『竜の息吹』の術式が崩れ始める。

その様子を見て、ザドキルギアスが驚きの声を上げた。

流石《さすが》にザドキルギアスにとっても、『竜の息吹』を壊す魔法というのは予想外だったのだろう。

ザドキルギアスの魔法技術では、この魔法は絶対に再現不可能だからな。

この『竜の息吹』破壊魔法を開発するには、複雑きわまりない『竜の術式』を完全に理解する必要がある。

前世の俺がザドキルギアスを倒してからかなり後になって、ようやく作った魔法だ。

その理論の通り――『竜の息吹』の魔法陣は砕けた。

乾いた音と共に炎は消滅し、代わりに『竜の息吹』を構成していた膨大な魔力が吹き荒れる。

これを待っていたのだ。


「……さて、ようやく出番だ」

俺はそう言って、収納魔法から『人食らう刃』を取り出し、龍脈に接続した。

そして龍脈を介して、魔法を組み始める。

『人食らう刃』は、人間の魔力回路を龍脈と接続し、龍脈を人間の体の一部のように扱うことを可能にする。

龍脈が『体の一部』である以上、体からあまり離れた場所で魔法を構築できない失格紋の制約も、龍脈の周囲では解除される。

そのため失格紋はおろか、他の紋章を持っていても生身では構築できないほどの、巨大な魔法陣を作り上げることができる訳だ。

そんな巨大な魔法陣が『竜の息吹』の残骸《ざんがい》である、大量の魔力を吸い込む。

次の瞬間――俺が構築した魔法陣の中心から、まばゆく輝く光線が空へと放たれた。

光線は時速数百キロまで加速したザドキルギアスに一瞬で追いつき、貫通すると――さらに上空数キロにある雲までも消滅させた。

膨大な威力を持つ『竜の息吹』の魔力を、10％近くも吸い込んで発動した魔法なのだ。そのくらいの威力にはなる。

「ぶっつけ本番だったが……うまくいったか」

俺はそう呟きながら龍脈との接続を解除する。

短時間とはいえ、『竜の息吹』の膨大な魔力で乱れた龍脈との接続は、なかなか魔力回路への負荷が大きかった。

まあ、それに見合うだけの収穫はあった訳だが。

「落ちてきたか」

光線の直撃を受けたザドキルギアスが、落ちてきていた。

左腕に加えて右腕までも失い、片翼はもげ、脇腹《わきばら》は大きくえぐれている。

すでに飛ぶ力は残されていないらしいが——まだ生きている。

雲すら消し飛ばす魔法を受けて即死しないとは、大したものだ。

恐らく魔法が発動してから光線が当たるまでの0.01秒にも満たない時間で姿勢を変え、

致命傷になる部位を避けたのだろう。
そう考えていると——ザドキルギアスが、魔法を発動した。

——『魔力集積型強制修復』。

数ある回復魔法の中でも、大きな傷を治すのに向いた魔法だ。

この魔法は通常の回復魔法と違い、周囲の魔力を取り込んで材料として使うことにより、回復力を強化している。

今このあたりは、イリスの『竜の息吹』の残骸である膨大な量の魔力で満たされているため、その回復力は平時のさらに数倍だ。

あれだけボロボロの状態でなお、最適な魔法を即座に判断するあたりは、やはり戦い慣れているな。


だが、もちろん俺がザドキルギアスが回復するのを黙って見ている訳もない。

ザドキルギアスは真っ直ぐ上に飛び、そのまま落ちたため、落下地点は俺のすぐ近くだ。

俺は結界魔法を足場として踏みつけながら、ザドキルギアスを迎え撃とうとする。

だが……。

「……そんなに力が残ってるのか……」


俺は目の前に展開された光景を見て、そう呟く。

そこには、無数の結界魔法が、俺の進行方向をふさぐように展開されていた。


どこからどう見ても、完全な時間稼ぎだ。

結界自体の強度は、そこまで極端に頑丈という訳ではないが――割って進もうとすると、時間を食われる。

その間に体の修復を済ませようという訳だ。


イリスの『竜の息吹』は、俺達にとっても切り札。

今この状況を切り抜けられると、厳しい戦いになる。

そして……ザドキルギアスは、この状況を切り抜けるつもりだ。

今ザドキルギアスは、大量の結界魔法と『魔力集積型強制修復』を並行して展開している。

万全の体調でも困難な芸当だ。
あれだけのダメージを受けてなお、ザドキルギアスがこれだけの魔法を展開できている理由は明らかだ。

ザドキルギアスは俺の魔法が発動した瞬間から、後で今のような状況になることを想定して、魔法使用に影響の大きい部位にも損傷を受けないようにしていたのだ。
右腕を失ったのも、後で修復するつもりで犠牲にしたということだろう。

そう考えつつ俺は、最短ルートで結界を砕き、ザドキルギアスの元へと向かう。
だがザドキルギアスは壊されるたびに結界の数を増やし、時間を稼ぐ。

そうするうちに——ザドキルギアスの回復速度が、急激に上がった。
地面の近くにある、『竜の息吹』の魔力が濃い場所に入ったのだ。
脇腹の傷はあっという間に修復され、失った両腕もだんだんと元に戻り始めた。
そんな中——ふいにザドキルギアスが、『魔力集積型強制修復』の手を止めた。

「……む？」

ザドキルギアスは疑問げな声を上げて、修復途中の左腕に目をやる。
どうやら回復魔法を使う途中で、違和感を覚えたようだ。

それからザドキルギアスは周囲を見回し――遠くの家の屋根にある、砕けた魔石に目をやった。
あちこちの家の屋根に、粉々《こなごな》に砕けた魔石がある。
それらの魔石の近くには、矢の残骸が落ちていた。

（やっぱり、気付いたか）

先ほどザドキルギアスが覚えた違和感は、決して気のせいではない。
『魔力集積型強制修復』によってザドキルギアスは、細工された魔力を取り込んでしまったのだ。

『うまく、いきましたか？』

ルリイから、通信魔法が入った。

そう。

あちこちの家の屋根にある砕けた魔石は、ルリイが作り、アルマが矢に乗せて配置したものだ。

矢に装着された魔石には特殊な魔法が付与されていて、矢が着弾すると魔石は砕け、周囲に変質した魔力をばらまくようになっている。

今までアルマとルリイは、直接ザドキルギアスと戦うことがなかったが——それは戦力外だったからではない。

この時のために、わざと存在に気付かれないようにしていたのだ。

『バッチリだ！　よくやってくれた！』

ルリイから入った通信魔法に、俺はそう答えながら結界を割って進む。

確かにザドキルギアスは、ルリイ達の細工に気付いた。

だが、今更気付いたところでもう遅い。

ザドキルギアスと俺の距離は、もうほとんどない。

結界魔法を展開して時間稼ぎを狙《ねら》ったところで、稼げるのは10秒がいいところだ。

いくらザドキルギアスでも、両腕を失った状態で俺と戦うことはできない。

腕を失ったぶんだけ手数が減り、俺の魔法と剣を受けきれずに、死を待つだけだ。

そして――残された時間でザドキルギアスが両腕を取り戻す方法は、一つしかない。

『魔力集積型強制修復』だ。

たとえ体に違和感があっても、それが罠《わな》だと分かっていても、ザドキルギアスには『魔力集積型強制修復』を使う以外の選択肢が残されていない。

そのことは、本人も理解したようだ。

ザドキルギアスは、一度止めていた『魔力集積型強制修復』をまた最大出力で展開し、周囲の魔力を大量に取り込みながら一気に両腕を修復した。

「体は普通に動く。妨害系魔法ではないようだが……一体何をした？」

修復した両腕で剣を構えながら、ザドキルギアスはそう問う。
だが――俺はそれに答えずに、剣を振った。

「……回答なしか。では貴様を殺してから、魔石を仕込んだ女どもに吐かせるとしよう」

そう言いながらザドキルギアスが、剣を受け止めた。
俺はあえて『共振剣』を使っていない。

ザドキルギアスも『反射撃』を使わなかった。いや、使えなかった。
『共振剣』を使っていないぶん、俺は魔法的な余力を多く残している。
そんな状況で『反射撃』を使えば、その余力で放たれた魔法を受けてしまうからだ。

冷静な判断だ。
だが、すでに状況は『詰んで』いる。
ザドキルギアスがどんな判断をしたところで、死ぬことに変わりはない。

剣がぶつかり合う瞬間、俺は特殊な魔力を、剣に流し込んだ。

「……何だ、これは？」

斬り結んだ直後、ザドキルギアスはそう声を上げた。
そして次の瞬間――ザドキルギアスの指先が、溶けるように崩れ始める。

俺はそれを見て剣を引き、後ろへ下がった。
だが、ザドキルギアスの指の崩壊は止まらない。

それどころか、指先から始まった崩壊は、徐々に全身へと広がっていく。
ザドキルギアスの腕や手足が、端から砂のように崩壊しては、風に飛ばされてどこかへ飛んでいった。

「何をした？」

崩れていく体を見て、ザドキルギアスが困惑の声を上げる。

「分かったところで、止めようがないものだ」

その問いに、俺はそう答えた。

実際、ザドキルギアスの体の崩壊は、たとえ俺が望んだとしても止められない。

今から何をしたとしても、ザドキルギアスは死ぬ――いや、滅《ほろ》ぶ。


「……まさか、魂か？」


崩壊を続けるザドキルギアスが、ふいにそう呟《つぶや》いた。

……気付いたか。


ザドキルギアスの魂には元々、深い傷がついていた。

それは、転生に使った魔法が完全ではなかったからだ。


俺は龍脈に混ざった魔力反応から、そのことをあらかじめ見抜いていた。

そして、変質させた魔力を取り込ませた上で、斬り結んだ瞬間に特殊な魔力を送り込むことで、変質した魔力を一気に活性化《かっせいか》させたのだ。

変質させた魔力は瞬時に活性化し、ザドキルギアスの魂の傷をこじ開けた。

その結果が、今の状況だ。


「ああ。だから言っただろ？　止めようがないってな」


魂を扱う魔法は、基本的に複雑だ。

その中でも転生魔法は、最も難しい部類に入る。

生産系に特化した前世の俺でさえ、専用の魔法陣を構築するだけで何時間もかかった巨大な魔法だ。


いくら魔族が魔法に秀でた種族だとは言っても、あれだけの規模の魔法を完璧《かんぺき》に構築することには困難が伴う。

ザドキルギアスであっても、あの魔法を完璧に構築することはできなかっただろう。


それだけではない。

俺は完璧に転生するため、己を殺す術式を構築し、自ら死を選んだ。

専用の魔法で死んだからこそ、転生に最適な状態で死ぬことができた。

一方ザドキルギアスは、自分が死んだ時に発動するように、転生魔法を仕込んでいただけだ。

そして戦いの末、俺に敗れて転生した。

あの時俺は『共振剣』で腕を砕いた後、最終的に高出力の魔法で跡形もなく消滅させて、ザドキルギアスを倒した。

魔法で跡形もなく消し飛ばされる時のようなノイズの大きい環境で、魂を完全な状態で転生させられる訳もない。

結果としてザドキルギアスの魂は、傷がついた状態で転生したという訳だ。

まあ、転生に失敗しなかっただけ運がよかった方なのだが。

「……そのようだな」

ザドキルギアスはいくつかの回復魔法を起動し、体を治そうとした。

だが、回復魔法は全く効かなかった。

魂に致命的な傷を負った時点で、肉体が壊れるのは当然なのだ。

特に魔族は、体に占める魔力の割合が多いため、このように崩れることになる。

「最後に聞きたい。貴様は一体何者だ？　このような戦闘技術を持つ者を、俺は知らない」

「そうか？　もしかしたら、知っているやつかもしれないぞ」

ザドキルギアスは、前世の若い頃の俺を知っている。

もし忘れていたら話は別だが……流石に、自分を殺した人間のことくらいは覚えているだろう。

「知っている？　……ここまでの化け物、私が存在を知っていれば必ず殺して——」

そこまで言ってザドキルギアスは、目を見開いた。

それから、呆然《ぼうぜん》とした声で尋ねる。

何百という魔法戦闘師と、何千という民間人を殺してきたザドキルギアスにも、殺し損ねた敵がいることを思い出したのだろう。

「まさか私が唯一殺し損ねた男……魔法使いガイアスか……？」

「俺はガイアスではない。……今のお前がザドキルギアスでないのと同じようにな」

ガイアスは、俺の前世の名前だ。

今の俺はマティアス＝ヒルデスハイマーであって、ガイアスではない。

それと同じように、今目の前にいる魔族は、ザドキルギアスの魂と記憶を引き継いでいるが、厳密には別の魔族だ。

魔族としては別の名前があるのかもしれないが……まあ、覚えても仕方がないだろう。

どうせザドキルギアスは、ここで死ぬのだから。

それも、今度こそ完全に。

「私はまた、貴様に負けたのか。……あの時は、技では勝っていたつもりだが……今回ばかりは言い訳ができんな」

ザドキルギアスの体は、もうほとんど砂のように崩れていた。

その状態で、ザドキルギアスは悔しそうな顔をして俺の体を見る。


今の俺の魔力は、ザドキルギアスの3割もない。

筋力も、魔族とは比較にならないほど弱い。

それでも俺が勝てたのは、技術の差と、仲間のサポートがあったからだ。


前世で戦った時、俺はザドキルギアスより強力な魔法力と、ザドキルギアスに劣る技術を持っていた。

今回は逆だ。俺の魔法力はザドキルギアスに劣るが、技術では俺が勝っている。

自分の技術に自信を持っていたザドキルギアスにとって、これは屈辱だっただろう。


「……次は勝つ」


その言葉を残して、ザドキルギアスは砂のように崩れ、消滅した。

残ったのは、頭に生えていた2本の角だけだ。

だが俺は『次』がもうないことを理解していた。
魂が完全に崩壊した以上、どうあがいても転生は不可能だ。
……魂とは、そういうものなのだから。

第六章

Chapter 6

Shikkakumon no Saikyokenja

「さて……ここからどうするかな」

それから少し後。
俺達《おれたち》はザドキルギアスと戦った場所の近くで、周囲の状況を眺《なが》めていた。

「結構派手に壊しちゃいましたけど……大丈夫ですか？」

人間の姿になったイリスが、俺にそう尋ねる。

「大丈夫だ。確かに街は結構壊れたが……これが一番被害の小さいやり方だった。イリスが戦わなければ、街は全滅だったしな」

俺が言っているのは、本当のことだ。

もし俺達がザドキルギアスを倒さなければ、間違いなく街は滅んでいた。

ザドキルギアスのやり方によっては、建物は無事だったかもしれないが……住民は全滅しただろう。

前世の時代で、ザドキルギアスに狙《ねら》われた街も、酷《ひど》い有様になっていたからな。

あいつは他の魔族と比べて、効率のいい……たとえば、討伐隊《とうばつたい》を返《かえ》り討《う》ちにした後、避難民が集まっている場所に毒ガスをバラ撒《ま》くようなやり方で、人を殺す。

もしザドキルギアスが討伐隊だけを殺すようなやつなら、前世ではあそこまで危険視されなかっただろう。

やり方はどうであれ、魔族は人を殺して回る生き物なのだ。

今回の戦闘で、建築物には被害が出たが……死者は一人も出ていない。

まず間違いなく、イリスが戦ったお陰で被害を最小限にとどめられたと言えるだろう。

「とはいえ……これを元に戻すのは、なかなかきつそうだな」

今回はイリスも街の中に入って物理的攻撃を仕掛けたので、街への被害がかなり大きい。

とりあえず、国からのサポートがなければ、街を修復するのは難しそうだ。

まずは国に今回起きたことを伝えた上で、物資と人手を送ってもらうか。


そう考えていると、遠くから一人の男の魔力反応が近付いてきた。

「誰《だれ》か来るな」


……恐らく、一般人ではないだろう。

魔族との戦いが終わり、ドラゴンが消えた直後の街に戻るような勇気は、一般人にはないはずだ。

そう考えつつ、俺はわずかに警戒しながら、魔力反応の様子を窺《うかが》う。

すると……男が近くの街角から顔を出した。

「騎士団の人……みたいですね」

「あの人、どっかで見たことあるかも！」

男の姿を見て、ルリイとアルマがそう言った。
どうやら近付いてきた男は、騎士団の者のようだ。

だが……初めて見る制服と所属章だな。
騎士団は所属によって、少しずつ制服や身につけている所属章が違ったりする。
たとえ甲冑《かっちゅう》を身につけていても、所属章さえ見れば所属が分かるという訳だ。
しかしアルマの言う通り、その顔には見覚えがあった。
名前までは覚えていないが、恐らく王都の騎士団にいた者だろう。

「誰だ？」

俺の言葉を聞いて、騎士団員がその場で立ち止まった。
それから俺に敬礼をして、答える。

「王国直属騎士団魔法特殊部隊の、ルーカスです！　国王陛下より任務を頂き、参上いたしました！」

なるほど。

国王の命令を受けて動くような立場の騎士か。

となれば、王都で顔を見たことがあるのも納得がいくな。

しかし……魔法特殊部隊というのは、初めて聞く名前だな。

第二学園の授業で、王国騎士団の構成については習ったのだが……魔法特殊部隊という部隊は、その中にはなかったはずだ。

「見慣れない所属章だが……魔法特殊部隊というのは、新しい部隊か？」

「はい。マティアスさんのお陰でできた、新部隊です」

「俺のお陰……？」

俺は騎士団の新部隊編成に関《かか》わった覚えなどないぞ。

人手が必要な時に、たまに騎士団と関わるようなことはあったが。

そう考えていると……ルーカスが答えた。

「正確に言うとマティアスさんが書いてくださった、第二学園の教科書のお陰です。王国騎士団は今、あの教科書の中身をなんとか学ぼうとしているのですが……その中でも最も『無詠唱《むえいしょう》魔法』に特化した部隊が、魔法特殊部隊です」

「……あちこちの部隊から無詠唱魔法が得意なやつを集めて、集中的に無詠唱魔法を訓練している……って感じか？」

「まさしく、その通りです」

どうやら魔法特殊部隊というのは、無詠唱魔法の精鋭部隊のことらしい。

言われてみれば確かに……このルーカスという騎士も、普通の騎士に比べればかなり魔力の流れが洗練されている。

俺が書いた教科書を有効活用してくれているようで、作ったかいがあるというものだな。

「部隊については分かった。それでルーカスは、国王からなんの任務を受けたんだ？　……できれば、街の状況を国王に伝えてくれるとありがたいんだが……」

「私の任務はまさにそのことです。……今回の魔族は街中に潜伏中の可能性が高いということで……街自体が完全に消滅する可能性も想定していました。そのため、事後処理のために私が派遣された訳です」

なるほど。

国王もこの被害については予想済み……というか、今回出た被害は思ったよりマシだったという感じか。

事後処理のための手伝いまで送ってくれるとは。

「じゃあ、この街の事後処理は任せていいのか？」

「はい。本来であれば、事後処理は領主の役目ですが……今回の場合、領主にも問題があるようなので、ここの立て直しは私が責任を持ってやる形になりそうです」

「分かった。……悪いな。できればもう少し、街への被害を小さくしたかったんだが」

今までも魔族と戦ったことは何度もあるが……街自体が派手に壊れるような戦い方をしたのは、初めてな気がする。

街中に潜伏しているような魔族は、イリスの力がなくても倒せるようなやつばかりだったので、周囲に配慮しながら倒せたというだけなのだが。

もしザリディアスが街中に潜伏していたら、それこそ街は更地になっただろうし。

「いえ。マティアスさんの戦いは、私も遠くから見ていました。……街一つが半壊したくらいの被害で済んだのは、奇跡だと思います」

騎士ルーカスが、しみじみとそう呟《つぶや》いた。

だが、ザドキルギアスは魔力の多い魔族ではないので、受動探知などですぐに分かる強さではない。

戦闘自体も、外から見れば地味な戦いだっただろうし……今のでザドキルギアスの強さが分かったのなら、もしかしたら騎士ルーカスは、かなり戦闘を見る目があるのかもしれない。

「……あの魔族の危険度が分かったのか？」

「完全には理解できていないと思いますが……すさまじい魔力操作をしていることは分かりました。我々も部隊では魔法戦闘の技術を学んでいますが……だからこそ、あの魔族の恐ろしさが分かります」

「なるほど。魔法特殊部隊は、けっこう訓練をしているみたいだな」

「マティアスさんに作っていただいた、教科書のお陰です」

そう言って騎士ルーカスは一礼して……周囲を見回した。
周囲には、倒れた家や破壊された家具などが散らばっている。
あの戦闘に巻き込まれ、壊れたもの達だ。

「しかし……これは街全体に、かなり大きい立て直しが必要そうですね」

「まあ、これだけ派手に壊したらな」

イリスは別に、ところ構わず街の中を踏み回ったという訳ではない。

だがイリスの爪《つめ》や尻尾《しっぽ》に巻き込まれ、かなりの数の建物が破壊されていた。

住民達が逃げ出した方角にはイリスが行かなかったため、そっちは問題ないが……逆にイリスがいた方角は、ひどいことになっている。

恐らく、街の建物の2割くらいには何らかの被害が及《およ》んでいるだろう。

建物の数にして、300軒といったところか。

だが……ルーカスが見ていたのは、違う部分だったようだ。

「壊れているのはそうなんですが……壊れる前から、街の状況はかなり酷かったと思います。これを見てください」

そう言ってルーカスは、家の残骸《ざんがい》の中を歩いて……炊事場があったと思《おぼ》しき場所から、鍋《なべ》を取り出した。

どうやら料理の途中で住民が逃げ出したらしく、鍋にはまだ生煮えの中身が残っている。

鍋の中身は……具のほとんど入っていない、粗末《そまつ》な麦の粥《かゆ》だった。

「……ボウセイルの領主が重税を課しているって話は、本当だったみたいだな」

「はい。王都としても、もっと早く対応できればよかったのですが……」

そう呟きながら騎士ルーカスが、背中に背負っていた大きな荷物を下ろした。

そして荷物の中から、これまた大きい魔道具を取り出す。

「それって……魔法通信機ですか？」

騎士ルーカスが取り出した魔道具を見て、ルリイがそう尋ねた。

恐らく正解だ。それも、かなり長距離の通信が可能なタイプだな。

「この魔法通信機は王国騎士団が作った最新のもので、ボウセイルからなら王都に直通で通信がつながります。……これも、マティアスさんに書いていただいた教科書をもとに作ったものです」

なるほど。王都に高速で通信を送れるという訳か。

確かに俺は、そういう魔道具の作り方も教科書に書いたが……。

「それ、できれば重要な情報の通信には使わない方がいいぞ」

「盗聴を回避するためですよね？　この魔道具では、盗聴されて困る情報は流さないということになっていますので、ご安心いただければと思います」

そう言って騎士ルーカスが、魔道具についたスイッチを押して、起動作業を始める。

どうやら、盗聴対策はちゃんとしているようだが……それでは50点だな。

「偽情報への対策はしているか？」

「……偽情報、ですか？」

「ああ。たとえば今、魔族が王都に『東に魔族の大群が出現した。至急東に軍を送ってくれ』って通信を入れた上で……逆に西から攻撃をかけたらどうなる？」

魔法通信機は、確かに便利だ。

伝えたい情報を、いつでもすぐに伝えられるのだから。

ルリイなら、もっと小型軽量で王都にでもつながるような魔道具を、簡単に作れる。

それでも俺が、今まで魔法通信機を使っていなかったのは、偽情報を流される恐れがあるからだ。

偽情報というものは、時として簡単に戦況を変えてしまうことがあるからな。

「確かに……偽情報は危険ですね。私達は今、対になる魔道具同士でしかつながらないタイプの魔法通信機を使っているのですが……それでも偽情報は入りますか？」

「ああ。よほどしっかりと対策をしない限りは、偽情報の混入を防ぐのは難しい。……特に一番危険なのは、魔道具を使う人間を利用されるケースだな。たとえば今、ルーカスを襲撃して魔道具を奪えば、いくらでも偽情報が流せる」

今言ったのは、通信に偽情報を混入させるための、最も単純な方法だ。

実際にはもっと複雑な方法を使えば、気付かれにくい形で偽情報を紛《まぎ》れ込《こ》ませることができる。

それらを全《すべ》て対策して、安全な通信をしようと思うと……それこそ、魔法通信機の管理だけで技術者の組織が必要になるくらいだ。

残念ながら、まだエイス王国の魔法技術は、それを可能とする領域に達してはいない。

今の世界であれば、紙とインクを使った方法の方がまだ安全だ。

「通信魔法を信用するなと、教科書に書いていなかったか？」

「教科書には、確かにそうあったのですが……高速の通信はあまりにも魅力的だということで、導入することになりました。……中止した方がいいですか？」

「中止まではしなくていいが、通信魔法の情報だけで重要な決定を下すのはやめた方がいい。

いったんは情報を疑ってかかって、重要な情報ならちゃんと確認を取るんだ。……だが、新技術を導入したこと自体は、いいことだと思うぞ」

ただ教科書に書いてあることを鵜呑《うの》みにするだけでなく、自分で考えて『必要だと思った』技術を導入する姿勢自体は、とてもいいものだ。

その繰り返しこそが、国や組織を強くしていく。

今回の件で、それをやめてしまうのはもったいない。

新技術のデメリットなどは通常、失敗しながら学んでいくものなのだが……残念ながら今この世界には、失敗しながら改善を積み上げていく余裕がない。

ヤバそうな部分に関しては、俺の方で止めていくしかなさそうだ。

「ありがとうございます。……しかし緊急事態ということで、今回は使ってもいいですか？」

「ああ。通信魔法を信用するなって話は、要件が終わった後で伝えよう」

今は緊急事態だ。

あの麦粥を見る限り、恐らく住民達の栄養状態はあまりよくないだろう。

持ち出した食糧も少ないはずだ。この状況では長くもたない。

今は情報の安全性よりも、まずはボウセイルの住民達を何とかしなければな。

それに、もし偽情報を流そうとするやつがいたとしても、俺が監視している今であれば対処のしようがある。

本当なら、王都にある通信機の方も監視しなければ安心とはいえないのだが……前世で巨大な通信網を舞台にした戦いをやった経験もあるので、単純な通信機での通信くらいなら見張ることはできる。

俺がいないときに偽情報を流されるのが最悪なので、やはり後で国に対策をしてもらう必要があるのだが。


そう考えていると……魔法通信機が無事に起動した。

特徴的な音とともに通信がつながったのを確認して、騎士ルーカスが告げる。

「聞こえますか？　魔法特殊部隊のルーカスです」

『通信状況に問題はなさそうです。誰に取り次げばいいですか？』

「ガイル騎士団長をお願いします。『ボウセイルの件』といえば通じるかと」

『分かりました。少々お待ちください』

通信機から、パタパタという音が聞こえた。

どうやら通信機の前にいた人が、ガイル騎士団長を呼びに行ったようだ。

「この通信機、王都のどこにつながっているんだ？」

騎士団長の到着を待ちつつ、俺は騎士ルーカスにそう問う。

まあ、候補は王宮と第二学園くらいしかないのだが。

利便性でいえば、役所を兼ねている王宮以外にないのだが……安全性なら第二学園の方が少し上だ。

「王宮の通信室です。盗み聞き対策のために、遮音の結界を張った部屋を用意しました」

「遮音付きか。その方がよさそうだな」

第二学園にある、王都大結界を守るための設備に比べれば安全性では劣るだろうが……王宮は王宮で、魔法特殊部隊などが警備しているのだろうし、遮音の結界さえ維持できていれば盗聴は防げるだろう。

遮音の結界を突破して盗聴してくるような相手なら、多少防御を強化したところで、どうせどこからか情報を盗み出すだろうし。

そんなことを考えつつ待っていると……魔法通信機から声が聞こえた。

『ガイルだ。『救世主』には無事に接触できたか？』

「はい。『救世主』による、魔族の討伐を確認しました」

『ご苦労。……『救世主』には、丁重《ていちょう》にお礼を伝えておいてくれ。国家……いや世界の危機を、もう幾度救ってもらったことか……』

「承知いたしました。確かにお伝えします」

騎士団長ガイルの言葉に、騎士ルーカスがそう答えた。

……救世主……？

まさかとは思うが……。

「その『救世主』って、俺のことか……？」

状況的に、俺かイリス以外あり得ない。

まあ、騎士団があの暗黒竜をイリスだと知っているかどうかは微妙なところだが。

「はい。マティアスさんのことですよ」

『ああ、本人も通信先にいるのか。……実は通信を傍受される可能性があるって話を聞いて、重要な人物はコードネームで呼ぶことになったんだ』

「……それで『救世主』なんて名前をつけた訳ですか？」

コードネームをつけたやつのネームセンスは、酷《ひど》いものだな……。

俺はあくまで、自分の目的のためにエイス王国を手伝っているのに過ぎないというのに。

『ああ。他にもいくつかアイデアはあったんだが、別のにした方がいいか？』

「別のにしてください。……あと、コードネームを使うのはいいアイデアですが、そのコードネームは定期的に変えるようにした方がいいです。どこかから一度バレただけで、コードネームの意味がなくなってしまいますから」

『分かった。定期的に変えるようにしよう』

……分かってもらえたようで安心した。

『救世主』なんてコードネームを使い続けられるのはごめんだからな。

「それで……ルーカスから、事後処理は引き受けてもらえると聞いたんですが、そういうことでいいんですか？」

『もちろんだ。魔族討伐だけでも世話になったというのに、事後処理にまで手を煩《わずら》わせる訳にはいかないからな。……もちろん、やりたいことがあるなら手を出してくれても構わないが』

「いや、任せます。ルーカスに代わります」


そう言って俺は、ルーカスに魔法通信機を渡す。

後は丸投げしておけば、王国が何とかしてくれるだろう。

正直、街を使ってやりたいことがない訳ではないのだが……それをしようと思うと、もう修復がどうとかいうレベルではなくなってしまうからな。それこそ領主にでもならない限り無理だ。

まあ領主とか面倒くさそうなので、なる気は全くないのだが。

『ルーカス、まずは状況の報告を頼む』

「民間人への人的被害は推定ゼロです。建物の損壊率は2割……想定より少ないですが、予定通りの建築部隊を送っていただければと思います」

『損壊率2割で、人的被害が推定ゼロ……そんなことがあるのか？』

魔法通信機の向こうから、驚いたような声が聞こえてきた。

確かに、あれだけ派手に壊しておいて、死者ゼロってのはなかなか珍《めずら》しいよな。

逃げ遅れが一人も出なかったということだし。

そう考えていると、ルーカスが答えた。

「はい。竜の姿が見えてから、本格的な戦闘が始まるまでには時間がありましたので、住民は無事に避難できました。私も『受動探知』で逃げ遅れを探し、救出にあたりました。『受動探知』を見た限り、逃げ遅れはいないと思います」

なるほど。
逃げ遅れがゼロだったのは、ルーカスが『受動探知』で逃げ遅れかけた人を逃がしていたからだったのか。
それなら、全く逃げ遅れがいなかったのにも納得がいくな。

『なるほど、ご苦労だった。……もしかしたら『救世主』は、住民の避難が終わるまで、戦闘開始を待っていてくれたのかもしれないな』

……避難を待っていたのは事実だが、『救世主』と呼ぶのはいい加減やめてほしいな……。
まあ、ここで口を出すと面倒くさそうなので、言わないが。

『とりあえず、建築部隊は予定通りのものを送ろう。食糧の方はどのくらい送ればいい？』

「その食糧なのですが……予定通りの量を送っていただけませんか？」

『予定通りの量というと、建物全《すべ》てが壊れて備蓄《びちく》食糧も壊滅した場合の必要量だな。……そんな量がいるのか？』

ルーカスの言葉に、騎士団長ガイルが困惑したような言葉を返す。

確かに、建物が2割ほどしか壊れていないのであれば、備蓄食糧はもっと残っていてよさそうなものだが……。

「その備蓄が、元々少ない可能性が高いのです」

『……前領主の暴政か？』

ルーカスの言葉を聞いて、騎士団長ガイルはすぐにそう問い返した。

どうやら騎士団長ガイルも、ボウセイルの領主の件については把握《はあく》していたようだ。

「そういうことです。恐らく街全体で、すでに食糧不足が起きています。……壊れた家で、少し食糧状況を確認させてもらいましたが、ひどいものでした。今回の件がなくても、住民達は飢餓に陥《おちい》った可能性が高いくらいです」

『すでに食糧不足とは……。領主は死罪になるかもしれないな』

「その件ですが……避難民の中に、領主本人はいませんでした。恐らく、すでに魔族に殺されたものかと」

……さっきから領主本人に関する情報がないと思ったら、死んでたのか。

まあ、ザドキルギアスが領主を殺すのは、不思議でもなんでもないのだが。

まず指揮系統を破壊するというのは、対集団戦の基本戦術だし。

『殺す手間が省けたという訳か。……しかし、次の領主が誰《だれ》になるかで、またもめごとになりそうだな……』

通信魔法から、気が重そうな声が聞こえる。

……まあ、次の領主が誰になるかがもめごとの種になるのは、当然だろうな。

領地というのは、利権の塊だ。

このボウセイルだけでも人口３０００人ほどの都市だし、これだけ大きい街の領主であれば、他の都市も領地として持っているだろう。

俺《おれ》が生まれたヒルデスハイマー領などの貧乏《びんぼう》領地とは訳が違うのだ。


今回の件でその領地が、領主不在になる。

通常なら、領主が死ねば跡継ぎが領地を継ぐのだが……この領地の惨状を見るに、恐らくもともとの領主家はお取り潰《つぶ》しになるだろう。当然、領地を継ぐこともできない。

となればこの領地は、領地を持っていない誰か……または、すでに領地を持っている貴族の物になる訳だ。

熾烈《しれつ》な奪い合いが始まるのは目に見えている。


「……絶対もめごとになるだろうな。管理の手間がなければ、俺も欲しいくらいだし」


今の俺にとって、領地というのはそれなりに使い道のあるものだ。

主に、生産の拠点として。

たとえば領地の中に、無詠唱魔法を教える教育施設を作る。

この近くには、以前の俺が報酬として受け取った迷宮があったはずだから、卒業生達にそこで働いてもらえば、かなりの量の迷宮粗鉱《そこう》が手に入るだろう。

さらに近くには生産施設を作り、迷宮粗鉱を精錬してもらうこともできる。


これだけだと、第二学園とやっていることが変わらないのだが……違う点は、領地に作った教育設備は、教える内容を絞れるということだ。

王立学園は総合的な教育をする施設なので、あまり生産だけに特化させたりはできないのだが……たとえば領地に職業訓練校を作って、ひたすら迷宮粗鉱の精錬に必要な技術だけを教え込めば、精錬魔法を一気に鍛えられる。


そんな生徒達に生産施設で働いてもらえば、膨大な量の金属資源が手に入る。

そうして手に入る金属の中には、特殊で希少なものも含まれる。

ルリイ一人では精錬しきれないような金属も、人海戦術で作れてしまうという訳だ。


そうやって手に入る金属には、すさまじい性能を誇るものが存在するからな。

個人レベルでは用意できない素材を準備できるというのは、魅力的だ。

そう考えていると……魔法通信機から声が聞こえた。

『マティアス、領地が欲しいのか？　……それなら国王陛下にお伝えすれば、喜んで領地をくださると思うが……』

「そうなんですか？」

『ああ。前々から陛下は、マティアスに領地を授《さず》けたいと仰《おっしゃ》っていたからな。受け取ってもらえないだろうとのことで、今まで保留にされていたようだが……』

「……そのまま保留でお願いします。今領地をもらってしまうと、管理が面倒なので。……領地の管理って、時間がかかりますよね？」

確かに領地を使えば、希少金属を手に入れることができる。

ルリイの鍛冶《かじ》の腕も上がっているし、今よりだいぶ強い武器一式を作れることだろう。

だが……俺達自身の力にも、まだまだ伸びしろがある。

もし領地の管理が1ヶ月や2ヶ月くらいで済むなら、希少金属を手に入れるために受け取りたいが……領地をちゃんと管理するとなると、年単位の時間がかかるからな。

希少金属にそれだけの時間をかけるくらいだったら、その時間で魔物と戦い、鍛錬を積んでいた方がいい。

……どこか迷宮の近くにある領地に教育施設と生産設備だけ建てて、そこの管理だけするとかはアリかもしれないな。

まあ、領地に対して与える影響が大きすぎるので、協力する領主を探すのは大変そうだが。

いずれにしろ、領地を丸ごとプレゼントされても困ることは間違いない。

俺が欲しいのは教育施設と生産設備と迷宮資源を回収する人手であって、街道の安全性だの農作物だのを管理しなくてはならない領地ではないのだ。

そのあたりを丸投げできる人材でもいれば話は別だが、俺は知り合いが少ないし。

『確かに、時間はかかるな。今のようにあちこち飛び回るような生活は難しくなるかもしれない。……となると、流石《さすが》に厳しいか』

どうやら騎士団長ガイルも、納得してくれたようだ。

少しがっかりしたような声だが。

「しかし……次期領主が早く決まってくれないと、街の復旧にも悪影響が出そうですね」

俺の領地の話が終わったところで、騎士ルーカスがそう呟《つぶや》いた。

確かに……王都から人手を派遣しても、最高責任者が不在では動きにくそうだな。

『ああ。国王陛下も、そのことは分かってくださっているはず。だが念のため、できるだけ早く後任を決めていただけるように進言を――』

『その件なんだが、もう後任は考えておるよ』

騎士団長ガイルが、そう言いかけたところで――聞き覚えのある声が、会話に割り込んだ。

聞き覚えがあるというか――エイス王国国王、エイス＝グライア4世だ。

『へ、陛下⁉　いらっしゃったのですか⁉』

『ああ。ボウセイルの魔族の件で、連絡があったと聞いてな。マティアスが倒しに行く必要のあるほどの魔族といえば、国家の一大事だ。私が出るのが筋《すじ》というものだろう？』

『仰る通りです。しかし、今は大臣達と会議中のはずでは……』

『彼らには、少し待ってもらっている。……マティアスの件と会議、どちらの重要性が高いかといえば、当然の判断だ』

どうやら国王は、大臣達との会議を放り出して通信室に来ていたようだ。

随分とフットワークが軽いな。

……もしザドキルギアス討伐《とうばつ》が失敗していたりすればそれこそ国家の危機なので、こっちを優先したのは正しい判断だろう。

そう考えていると、また国王の声が聞こえた。

『それで今は、ボウセイルの次期領主をどうすればいいかという話で合っているか？』

『はい。ボウセイルの現状については――』

『すでに報告を受けている。現領主家は即刻取り潰しが妥当だな。死亡した本人以外の処分をどうするかは後ほど決めるが、少なくとも現領主の家族に継がせることはない』

どうやら、現領主家は領主の地位を失うようだ。

まあ、農産物の生産量を偽装して不当に重税を課したとなれば、当然の処分だろう。

『そして後任についてだが……私にいい案がある』

『いい案……ですか？』

『ああ。前々から考えて、準備をしていたのだがな……マティアスを領主にするのはどうだ？』

……俺はつい1分ほど前に、領地はいらないと言ったはずなのだが。

そう考えている俺を放置して、国王は言葉を続ける。

『マティアスが今までに挙げた功績は、領地を授けるのに十分すぎる。人格面も……常識に欠ける面はあるが、その点を除けば十分に適切だろう。補佐をつければ、問題なく対処可能だ』

なんだか、すごく失礼なことを言われてしまった。

いくら国王の言葉とあっても、ここは訂正すべきだろう。

「陛下、俺は第二学園でしっかりと常識を学び、ちゃんとした常識を身につけました。『常識に欠ける』という評価は、訂正願います」

『……第二学園？　あそここそ、今この国で最も『非常識』な場所のはずだが……あそこで常識を学んだつもりなのか……？』

『第二学園の常識は、世間の非常識と言いますね』

俺が訂正を求めると、国王とガイル騎士団長からそんな言葉が返ってきた。

なんてことだ。どうやら今この国では、第二学園自体が非常識なものとして扱われているらしい。

無詠唱魔法はほとんど認知されておらず、常識レベルの無詠唱魔法も、今の世界では非常識。これが、今の世界の状況だということか。

……少しずつでも無詠唱魔法が広がって、いつか無詠唱魔法が常識になってくればいいのだが。


そう考えていると、騎士ルーカスが呟いた。

「恐らくマティアスさんは、第二学園での『常識』も身につけてはおられないかと……」

『だろうな。そもそも第二学園が非常識の固まりになったのも、マティアスの非常識が伝染《うつ》ったせいなのだから』

「……第二学園の入学試験で負けたのが、懐かしいですね。当時は悔《くや》しい思いをしたものですが……今となっては、勝てなくて当然だったと思います」

騎士ルーカスの言葉に、国王と騎士団長が同意する。

どうやらこの人達は、よってたかって俺の常識力を否定《ひてい》したいらしい。

さて、俺は『この国の常識』は分からなくても、『第二学園の常識』ならちゃんと身につけているはずなのだが……どうすれば証明できるだろうか。

そう考えていると、国王が言った。

『あー……とりあえず、人格面には問題ないだろう？　マティアスの非常識は、誰にも被害は出さないしな』

『はい。むしろ逆に、見ているこっちがひっくり返るほどの成果が出てきますからね……』

『その通りだ。それでいて、功績も申し分ない。領地の一つや二つ与えたところで、誰も文句は言えんだろう。新領主にピッタリだとは思わないか？』

『言われてみれば、これ以上の適任は他にいないくらいです』

『だろう？　いつまでも臨時爵位のままというのも変な話だったしな。正規の爵位とセットでいこう。『通常』なら、冒険者などの功績に報いて与える爵位は最高でも男爵だが……マティアスに『通常』の規則を当てはめるのもおかしな話だ。これまでの『異常』な功績を考えると、2つ上げて伯爵にしても文句は言われないだろう』

俺を置いてけぼりにして、どんどん話が進んでいく。
このままだと本当に、爵位と領地をセットで渡されかねない。
どうやら通信室に来たタイミングのせいで国王は、さっき俺が『領地はいらない』と言っていたのを聞いていなかったようだ。

「……待ってください」

『もっと上の爵位がいいか？　私としてはもっと上の爵位を授けたいくらいなのだが……高位貴族は何かと面倒だぞ？』

「いえ、爵位に不満がある訳ではありません。……領地の管理に長い時間を使えないので、まだ領地をいただくのは早いということです」

『確かに……マティアス達は、言うまでもなくこの国……いえ、この世界の最大戦力です。領地経営は誰にでもできる……とまでは言いませんが、マティアスの貴重な時間を領地経営に使わせてしまうのは、この国への損失かと』

俺が領地を欲しがらない理由を告げると……騎士団長もそれに同意してくれた。

すると、すぐに国王の声が返ってくる。

『ああ、そのことか。説明し忘れていたな』

「説明……？」

『実はマティアスに領地を与えるために、前々から私は準備を進めていてな。……領主がいなくても十分に領地を経営できる、優秀な領地経営チームを、こちらで準備させてもらった。書類仕事から税金の徴収まで、全てを代行できる』

全てを代行……？
それはつまり、領地を経営しなくてもいいということだろうか。
……そのポイントは、ちゃんと確かめるべきだな。

「それでは、俺が領主になった場合、何をすることになるんですか？」

『税金を受け取ってもらえれば、それでいい。国への税金も、領地経営チームが税収から納めてくれる。もし領地の税収が国への税金に足りない場合、差額は私が個人的に負担しよう。……領地経営チームがついていれば、まずありえないことだがな』

なるほど。
全くのノーリスクで、ただ放っておけば金が入ってくるだけという訳か。
それに、爵位もセットでついてくる……と。

「……それで国に、何かメリットがありますか？」

なんというか……話がうますぎる。

うまい話には、何か裏があるものだと相場が決まっているのだ。

まあ、その理由はなんとなく想像がついているのだが……一応聞くだけ聞いておこう。

『そうだな……領地を持ってもらうことで、他国にマティアスはウチのものだと主張できるのが大きい』

「その必要があるんですか？　俺はそもそも、用事がある時くらいしかエイス王国から出ないんですが……」

確かに教育や戦力などの面からいえば、エイス王国は俺を手放したくはないだろう。

だが、そもそも俺が国を出る気がないのであれば、わざわざ領地を与えて主張する必要もない。

それとも……何か、対策が必要な事情があるのだろうか。

『ああ。マティアスが我が国を出るつもりでないということは分かっている。……だが、問題は他国でな。最近のエイス王国の発展を見た他国のうちいくつかが、その理由がマティアスだということに気付いている』

「エイス王国の発展……無詠唱魔法の影響力に、もう他国も気付いたんですね」

『そういうことだ。マティアスが書いた無詠唱魔法の本が、他国でも流通しているという話もある』


なるほど。

無詠唱魔法は、順調に普及への道を辿《たど》っているようだな。

他国に情報が漏《も》れているといえば聞こえは悪いが……俺にとってはむしろ、この調子で世界中に無詠唱魔法が広まってくれた方が好都合だ。

無詠唱魔法が広まったぶんだけ、強いやつが現れる可能性も上がる訳だし。

「しかし、その理由が俺だというところまで、他国は気付いているんですか？」

確かに俺が教えた無詠唱魔法は、この国に大きい影響を及《およ》ぼした。

しかし……俺が書いた無詠唱魔法の本は、『第二学園出版部』の名前で発行されているはずだ。

第二学園の事情に詳しい者でない限り、その本当の著者が俺だとは気付かないはずだが……。

そう考えていると、通信魔法から呆《あき》れたような声が聞こえた。

『……マティアスは、自分がどれだけ有名なのかを知らないのか？』

『王都にいてマティアスの名前を知らない者なんて、まずいませんよ。あまりに分かりやすすぎて、逆に『マティアスは王国が用意した広告塔で、本当の発展の原因は他にいる』なんて疑う国もあったくらいです』

俺が王都を離れている間に、そんなに噂《うわさ》が広まっていたのか……。

もしかしたら第二学園生あたりが、噂に尾ひれや背びれや胸びれをつけて広めたのかもしれないな。

今となっては、話が広まった原因を調べても仕方がないが。

『という訳で……他国に最近、マティアスを取り込もうという動きがあるのだ。私もマティアスを他国に持っていかれるのは避けたいし、マティアスとしても……領地を受け取って所属をはっきりさせておけば、面倒が避けられるのではないか？』

なるほど。

誘いに乗る気もないのに、他国に引き抜きをかけられても面倒だな。

確かにお互いにとって、引き抜き対策は合理的なようだ。

もちろん俺からしてみると、引き抜きを断る手間をケチるために領地管理の手間をかけることになるなら、本末転倒なのだが……幸い、面倒なことは全部国が引き受けてくれるらしいし。

とはいえ……どうせ領地をもらえるなら、有効活用したいところだ。

「話は分かりました。……ちなみに、領地の経営は丸投げでいいという話ですが、手を出したいところは手を出しても大丈夫ですか？　ちょっと、やりたいことがあるんです」

俺がそう尋ねると……魔法通信機が少しの間、沈黙した。

どうやら、考え込んでいるようだ。

そして……少しして、国王の声が聞こえた。

『ああ。もちろん自分の領地なのだから、経営の仕方は決めてもらって構わない。用意した領地経営チームは極《きわ》めて優秀だから、マティアスにやりたいことがあるなら、全力でその手伝いをしてくれるだろう。だが……一つ聞かせてほしい。何をするつもりなんだ？』

「確か……この領地の近くには俺が持っている迷宮がありましたよね？」

俺は以前に、魔族討伐の報酬として、国からいくつもの迷宮の所有権をもらっている。

そのうちの一つが、このボウセイルのすぐ近くにあるのだ。

『……確かに、あるな』

「あれを有効活用するために、教育施設と生産設備を作ろうと思っています。迷宮から手に入る素材の中に、いくつか欲しいものがあるので」

俺がそう告げると、また魔法通信機が沈黙した。

どうやら、国王は黙り込んでいるらしい。

そして……しばらく考え込んでから、国王が告げた。

『……もちろん、やってもらって大丈夫だ。だが……マティアスが作る教育施設と、生産設備だよな？　国家を大きく変えるレベルの話になりそうな気がするのは……気のせいか？』

『恐らく、気のせいではないかと……』

国王の言葉に、ガイル騎士団長が同意した。

国家を大きく変えるレベルの話か。

確かに、その可能性はあるな。

大量の金属資源と、それを加工する設備。

いずれも、国家全体の生産力に大きく影響を及ぼすレベルの話だ。

だが……。

「大丈夫です。国全体が変わるような話になるとしても、いい方への変化ですから。……うまくいけば、国力が上がります」

確かに大量の資源や強力な製造設備は、国家のあり方すら変える可能性がある。

だが、それは確実に、いい方向への変化だ。

新しい生産設備では、普通の金属資源を売っていた者などを優先的に雇う予定だしな。

そうすれば、俺のせいで失業者が出るようなこともない。

『……確かにな。分かった。やりたいようにやってくれ』

よし。国王の許しが出たぞ。

これで俺も、晴れて領地持ちの身という訳だ。

『という訳でマティアス、最後に確認だが……貴族位と領地を受け取ってくれるということで、いいんだな?』

「はい」

『分かった。では大急ぎで、叙爵《じょしゃく》の準備を進めるとしよう。……正直なところ、受け取ってもらえてありがたいよ。このところ、他国から『マティアスの功績に対しての報酬が足りていない。貴国にはマティアスを国に留めておく権利はないのでは？』などと糾弾《きゅうだん》されていてな。反論しようにも、功績に見合った報酬を渡せていないのが本当だから、言い返しようがなかったのだ』


他国って、そんなところにまで文句をつけてくるのか……。

どうやら国際関係は、随分面倒くさいようだ。

まあ、無詠唱魔法が発展していく流れに置いていかれそうになった他国が焦《あせ》るのも、分からないではないが。


「ありがとうございます。正式な手続きは、王都で行うことになりますか？」

『ああ。……ボウセイルの事後処理はルーカスに任せて、王都に戻ってきてくれ。1週間ほどあれば、準備は済むはずだ』

こうして俺達は、王都へと戻ることになった。
王都にのんびり滞在するのは、久しぶりな気がするな。

第八章

chapter 8

「久しぶりだな……」

「帰ってきたー！　って感じだね」

爵位をもらうことが決まった翌日。
俺達《おれたち》はいつものように走って、王都へと戻ってきていた。

ちなみに国王から『馬車を用意する』という提案もあったのだが、丁重《ていちょう》に断っておいた。
馬車なんて遅い乗り物、わざわざ乗っても仕方がないからな。
国王が用意する馬車なら、ある程度の快適さは確保されているのだろうが……所詮《しょせん》は馬車だし。

「検問も、ちゃんとやってるみたいだな」

王都の入り口では、検問が行われていた。

これは王都に、危険物や悪人が入るのを防ぐためだ。

昔は適当に門をくぐれたのだが、王都に魔族が侵入した事件以降、警備が強化されている。

「検問、引っかかったりしないかな……？」

「普通にしていれば大丈夫なはずだ。収納魔法の中身を見られると面倒だけどな」

俺の収納魔法の中身は、危険物だらけだ。

第二学園を通して説明すれば、事情は分かってもらえるだろうが……それも面倒だし。

そんなことを考えつつ、俺は王都の門へと歩いていく。

「なんか、ちょっと緊張するね……」

「王都に住んでいれば慣れるんでしょうけど……最近は来てなかったですしね……」

門の手前では、数人の騎士達が検問を待つ列に目を光らせている。

検問をごまかす細工などを防ぐためだろう。

「別にやましいことをしてる訳じゃないんだし、怖がる必要はないと思うけどな」

「そうだけど、なんか観察されるのって緊張するよね」

そう話していると……俺達の方を見た騎士が、詰所の中へと駆け込んでいった。

すると間もなく、大勢の騎士達が現れた。

「なんか、増えたんだけど……」

「もしかして、警戒されてますか？」

騎士達は、真《ま》っ直《す》ぐ俺達の方へと歩いてくる。

「いや……違うみたいだぞ」

確かに騎士達は、俺達の方へ真っ直ぐ歩いてきている。
だが、俺達の動きを警戒する様子が全くない。
これは、違うな。

「マティアス様、ようこそいらっしゃいました」
歩いてきた騎士の一人が、恭《うやうや》しくそう告げた。
それに従って、残りの騎士達も一斉に膝《ひざ》をつく。
貴族になるということで、普段と対応が違う可能性は予想していた。
しかし、来た時点でこれとはな。
どうやら臨時男爵と伯爵では、扱いが随分と違うようだ。

◇

それから少し後。
検問を賓客用の門から抜けた俺達は、騎士によって宿へと案内されていた。

「私は近衛《このえ》騎士団所属の、カーディフです。王都滞在中のお世話は、この私が受け持たせていただきます」

「近衛騎士団……？」


どうやらこの騎士は本来、近衛騎士団の所属らしい。

近衛騎士といえば、国王直属の最精鋭部隊で、普通は国王の護衛任務についているはずだ。

そして通常、近衛騎士がつく任務は国王の護衛と、訓練だけ。

余計な任務を与えられない近衛騎士は、そのぶん訓練に時間を使うことができるので、最精鋭としての力を維持できる……という訳だ。

立場も、下手《へた》な下級貴族より高いくらいらしい。

つまり近衛騎士は、来客の案内のような雑用に使われるような立場ではない。

学園の授業では、そう習ったはずなのだが……

「近衛って、あの近衛騎士団だよな？　……新貴族の世話って、近衛の役目なのか？」

「もちろん違います。近衛騎士がこの役目を担ったのは、ここ１００年では今回が初めてかと」

俺の問いに、カーディフはそう即答した。

１００年の間で初めてとは……随分な特例のようだな。

「なんでそんなことになったんだ？」

「普通なら、新貴族の世話係に任命されるのは、その方の後ろ盾となっている貴族様です。しかし……」

「俺には、それがいないって訳か」

通常、新しく貴族になるのは文官や騎士といった立場で功績を上げた者だ。

その場合、どちらのパターンでも上役となるような貴族がいるので、その貴族が世話係の騎士を用意してくれるということだろう。

俺にはそれがいない（いるとすれば父カストルだが、あの領地には騎士なんていなかった気がする）ので、国王が代わりに用意してくれたという訳だ。

しかし……。

「冒険者から貴族になるパターンって、他にもいるよな？　その場合はどうなんだ？」

冒険者の場合、騎士や文官のように分かりやすい上役はいない。

俺のように冒険者から貴族になるパターンだと、同じような問題が起こることはあるだろう。

「その場合、手の余っている貴族の方が騎士を出してくださるそうです。直接の面識はなくても、領地で功績を上げた冒険者に報いたいという方はいらっしゃいますので」

なるほど。

だいたい事情は分かった気がする。

「俺には、騎士を用意してくれる貴族もいなかったって訳か……」

俺は一応冒険者ということになっているが、冒険者としてそんなに活動してきた訳ではない。

拠点は王都だったので、領主のような貴族もいない。

考えてみれば、俺に世話係を出すような関係の貴族は、一人もいないのだ。


しかし……我ながら、随分な人望のなさだな。

新貴族の中で人望のなさランキングをつけたら、恐らく俺が1位だろう。


まあ、前世でもそこまで変わらなかった気がするが。

王族や魔法使いが助けを求めてくることはあったが、普通の貴族などで面識があった人間は、ごく少数しかいなかった。

むしろ今はパーティーの仲間がいるぶん、前世よりだいぶマシか。


それでも、戦闘や第二学園と関係がない人と話す機会なんて、滅多《めった》にないしな……。

貴族になる前に、少しは知り合いを作っておくべきだったのだろうか。

などと反省していると、カーディフが答えた。

「いえ。立候補はありましたよ」

どうやら、親切な貴族はいたようだ。

「……一体誰《だれ》が？」

「ライアン公爵、マイス公爵、レインダ公爵、ニルス侯爵、ダイル侯爵、ディケンス侯爵、ビタシー侯爵……」

俺が尋ねると、カーディフはそう言って貴族の名前を列挙し始めた。

公爵というと……国内の貴族の中でも最上位の存在だ。教科書で見たような名前も少なくない。

そんなことを考えつつ、俺は貴族達の名前を聞いていたのだが……。

いっこうに終わる気配がない。

「一体、何人いるんだ？」

「マティアス様の世話役指名に立候補した貴族様は、72人いらっしゃいます」

「随分と多いな……」

ここまでの数となると、恐らく人望とは関係のない理由なのだろう。
そもそも、俺が名前すら知らない貴族が多すぎるし。
というか……カーディフは72人もの貴族の名前リストを覚えたのか。
新貴族の世話係っていうのは、大変なんだな。

「そんなに立候補があったなら、何でその中から選ばなかったんだ？」

「普通なら、立候補者の中から選ぶのですが……今回は不公平を避けるため、国王陛下の命のもと、近衛が派遣されることになったのです」

「不公平……何がだ？」

案内役を一人派遣するくらいで、不公平も何もないと思うのだが。

俺が生まれたヒルデスハイマー准男爵領とかなら、案内役を一人王都へ派遣するだけでも大変な負担だろうが……公爵やら侯爵やらにとっては、誤差レベルだろうし。

「マティアス様が強い力をお持ちであることは、周知の事実です。それなのに、周囲に他の貴族はいない……ということで、マティアス様がどの派閥につくかは、今の貴族社会で一番の関心ごとと言っても過言ではないくらいです」

「なるほど、派閥争いみたいな感じか」

そういえば貴族には、派閥争いとかあるんだよな……。

前世でも派閥争いに巻き込まれたことはあったが、とても昔のことなので忘れていた。

魔法や戦闘に関することなら絶対に忘れない自信があるのだが、政治にはあまり興味がないせいで忘れがちなのだ。

「派閥争いから守ってもらえるのはありがたいな。色々と面倒くさそうだし」

まあ、『国王陣営』だって一つの派閥なのだろうから、結局はそこの所属なのかもしれないが。

そう考えると、近衛を世話係にしたのは『マティアスは国王派閥だから、手を出すな』という意思表示なのかもしれない。

だとしても、他の派閥に入るのに比べればずっといい。

王立第二学園への協力とかを考えると、俺はもともと国王派閥みたいなものだしな。

そんな話を経つつ、俺達は宿へと到着した。

◇

「これは……すごいですね……」

「ボク、こんなとこ初めて泊まるよ……。普通の格好で来ちゃったけど、浮いたりしないかな……？」

宿の建物を見て、ルリイとアルマが驚きの声を漏《も》らす。

用意された宿は明らかに、普通のものとはレベルが違った。

なんというか、王族とかが泊まるような宿だ。

さらに……。

「こちらの宿は貸し切りとなっておりますので、周囲の方から浮くという心配はいらないかと」

「貸し切り⁉　ここ、そんな小さい宿じゃないよね⁉」

「王国が経営している宿なので、必要な際には貸し切りが可能です。……そうでないと、ただ泊まりに来たふりをしてマティアスさんに接触しようとする貴族が出る可能性が高いので」

なるほど。

どうやら王都滞在は、すさまじく面倒な状況にあるようだ。

ここまでの状況だと……恐らく、貸し切りの宿に泊まったところで、面倒ごとは舞い込んできそうな気がする。

そうでなくとも、恐らく宿から出られないような感じになるだろう。

宿は豪華だが……正直、今すぐ王都から逃げ出したいところだな。

戦闘が必要になるような『面倒ごと』なら歓迎だが、政治がらみの面倒ごとはごめんだ。

「宿を用意してもらっておいて申し訳ないんだが……叙爵の準備が整うまで、王都以外の都市に滞在する訳にはいかないか？」

「申し訳ありませんが、できれば王都にいて頂けるとありがたいです。必要なものがあれば、何でも用意させますので」


ふむ……。


強硬に言えば、逃げることもできるかもしれないが……この宿を用意したのは国王だ。

恐らく何か、王都にいてほしい事情があるのだろう。

それが分かるまでは、おとなしくしておくか。

一応俺も、王国の貴族になる身なんだしな。

……場合によっては、こっそり抜け出すことになるかもしれないが。

◇

それから少し後。

「おお……なんか、気後《きおく》れするぐらい豪華だね……」

部屋に入って、アルマがそう呟《つぶや》いた。
王国直営の宿というだけあって、内装も最高級のものが揃《そろ》えられている。

「やっぱり、装飾が細かいですね……」

ルリイは早速、家具の観察に入ったようだ。
生産型魔法が好きなルリイとしては、こういった場所の家具は気になるものなのだろう。

「付与魔法とかのレベルはそこそこって感じだけど、細工《さいく》とかは凝ってるな」

「第二学園とはまた別の、技術の高さを感じます……」


俺の魔法技術は性能重視のため、普段はあんまり外見に凝ったりはしないんだよな。

こういった高級家具の場合、生産魔法や加工の技術以外にもデザインの力が関《かか》わってくるため、第二学園では教えないような技術が必要になる。

装飾などの技術は、第二学園では教えないし。


とはいえ俺は、装飾やデザインの技術も一通り身につけている。

大規模魔法の中には、物の形や色に魔法的な意味を持たせることで発動を補助するものがある。

一種の、特殊な魔法陣のようなものだ。


そういった魔法を効果的に使うために、俺は装飾などの技術を身につけた。

今の紋章では使えないが、ルリイなら使えるだろう。

使いどころが限られるので、教えるのは後回しにしていたが……興味があるのなら、教えるのもいいかもしれないな。

将来的には、使うことになる技術だし。

「この部分……どうやって作ったんでしょう？　こんな複雑で入り組んだ形、加工魔法だと作るのが難しそうです」

「大きい塊から、魔法で削り出したんだろうな。多分これは手で削ったんだろうが、金属なら放電魔法を使って加工する手も……」

……家具に関する解説は、それからしばらく続いた。

ルリイが家具の中に特徴的な加工を見つけては、俺に解説を求める……という流れだ。

そのかいあって、ルリイも段々と装飾系の加工が分かるようになってきた。

俺に加工法を尋ねる頻度も、最初の頃に比べれば圧倒的に低くなった。

そんな中、アルマが呟いた。

「ねえ……もうボク、寝てもいいかな？」

気付くと、外はもう真っ暗になっていた。

大きい宿を貸し切っているだけあって、部屋は個別に用意されていたのだが……俺達が家具の勉強会に使っていたこの部屋、アルマの部屋なんだよな。

入り口から一番近かったため、自然とここに集まることになった訳だ。

その結果――部屋の主であるアルマは、何時間も置いてけぼりのまま家具談義を聞かされる羽目になった。
ちなみにイリスは睡魔に耐えきれなかったようで、アルマの部屋の隅で丸くなって寝ていた。

……うん。

色々と、申し訳ないことをした気がする。

家具はどこの部屋にもあるのだから、勉強会は別の場所でやるべきだったな。

「装飾に関しての勉強は、このくらいにしておくか」

「そうですね……家具なら、私の部屋にもありますし」

「……夜ふかしはほどほどにな」

そう言って俺達は、アルマの部屋を後にした。

◇

翌朝。

俺達が起きて部屋から出ると、カーディフが現れた。

その横には、大勢の騎士が並んでいる。

「マティアス様、おはようございます」

「おはよう……それは何だ？」

大勢の騎士がいること自体は、分からないでもない。

場所を考えれば、警備態勢が厳重なのは当たり前といえば当たり前だからな。

問題は、騎士達が持っているものだ。
騎士達は全員が、分厚い書類の束を抱えていた。
今の状況を考えると……厄介ごとなのは明らかだ。

「こちらは、面談希望者のリストです」

「……面談希望者？」

「新貴族には人脈が少ないため、そのままだと領地運営に支障をきたす場合があります。そこで叙爵前に人脈を作ってもらうことで領地経営を円滑にしよう……という趣旨で、希望者との面談が行われるのです。いわゆる、恒例行事というやつですね。貴族以外にも、仕官希望者もいるはずです」

人脈か……。
確かに、自分で領地を経営する者にとってはありがたい行事なのかもしれない。
でも、俺の場合は領地を人任せにするつもりなので、人脈を作る必要がないんだよな。

領地経営チームは、すでに人脈とかも持ってるみたいだし。

「領地をまともに経営しない俺には、いらないんじゃないか？」

「仰《おっしゃ》る通りなのですが……世話役なしの上に面談も禁止となると、流石《さすが》に貴族達の反発が……」

「いくら国王でも、抑え込みきれないって訳か……」

確かに、今の状況で国王が『面談禁止』と命令すると、国王が強権で俺を派閥に引き込もうとしているように見えなくもないか。

まあ、会ったところで派閥入りなど断るだけなので、結果は変わらないが。

しかし……この膨大な数は、断って回るだけでもすさまじい時間がかかりそうだな。

そんな暇があるのなら、やりたいことはいくらでもあるのだが……。

話を聞く限り、『俺への面談を国王が断った』となると、まずいようだ。

ということは……『俺のわがままで断った』という形なら、面談を断ることもできるかもしれない。

とはいえ、せっかく断るなら、ついでに宿も脱出したいところだな。

家具の観察はもう終わったようだし、いつまでも宿に閉じこもっている理由はないのだ。

「面談の前にちょっと外に出ていいか？　買い物に出かけたくてな」

「何を買われるのでしょうか？　すぐに用意させますが」

「いや、買うものが決まってる訳じゃなくて、色々ある中から選びたいんだが……」

「でしたら、店にあるものを片っ端から持ってこさせます」

いきなり話が大きくなったな……。

俺は目線で、ルリイ達にアイデアを求める。

すると……アルマが口を開いた。

「実は、まだお店も決めてないんだよねー。ほら、商店街をぶらぶら歩いてると、欲しいものが見つかったりするし！」

「分かりました。でしたら……王都商店街をまとめて封鎖して、中の商品を全《すべ》て持ってこさせましょう。作業はこちらで行いますので、その間に面談を……」

「本気か……？」

これが、近衛騎士流のジョークというやつなのだろうか。

そう考えつつ様子を見るが、カーディフは至って真面目《まじめ》な表情だった。

「ご理解いただけるとありがたいです。マティアス様の引き止めにベストを尽くさなかったとなれば、糾弾《きゅうだん》されてしまうので」

そう言ってカーディフが頭を下げる。

カーディフの横に立っている騎士は紙とペンを出して、今のやりとりを詳細にメモしているようだ。

もし俺が逃げた場合、『近衛騎士団は俺達を引き止めるために、ベストを尽くした』と言い張るためだろう。

うーん。

政治というのは面倒だな。やはり関わりたくない。

「ベストを尽くした上で、なお引き止められなかったならＯＫなのか？」

「確かにそうですが……」

言い訳さえ立てば、ＯＫという訳か。

グレヴィルにでも頼んで、適当に魔族の存在でもでっち上げてもらうか？

魔族への対処という口実なら、流石に理由としては十分だろうし。

などと考えていると……アルマが何か思いついたような顔をした。

「ボク、食べたいものがあるんだけど……用意できるかな？　最高級品で！」

「はい。何でも用意させていただきます」

「やった！　……でも、もし用意できないなら、ボク達が自分で採りに行っていい？」

なるほど、そう話を持っていくのか。

しかし……ここは王都。つまり王国中から貴重な品々が集まる場所だ。

希少な食材などを頼んだところで、普通に用意されて終わりだと思うのだが……。

「もちろんです。……王国料理長の腕と、王都の物流網があれば、どのような料理でも用意できるかと思いますが」

『諦《あきら》めてくれ』とでも言いたげな顔で、カーディフが問いに答える。

それを見て、アルマの目が光った気がした。

「じゃあ、ワイルドピグのライニア草煮込みが食べたいなー！　もちろん最高級のヤツを、作りたてで！」

ワイルドピグのライニア草煮込み……？

初めて聞く料理の名前だな。

「あ、アルマ、それって……もしかして」

ルリイはわずかに顔を赤くして、アルマに何か言おうとする。

顔を赤くする理由は分からないが、どうやらルリイは知っている料理のようだな。

だが、その言葉はカーディフが騎士達に発した問いによって遮《さえぎ》られた。

「ワイルドピグの、ライニア草煮込み……というものについて、知っている者はいるか？」

「私の住んでいた地方の郷土料理です。家庭料理のようなものなので、さして高級なものではありませんが……地元では、『特別な意味』を持った料理でもあります」

騎士の一人が前に進み出て、カーディフにそう答えた。

どうやらアルマが要求したのは、高級料理ではなかったようだな。

「分かった。すぐに用意をするように。もちろん最高級品をな」

「それについてなのですが……王都では、難しいと思います。ライニア草の産地へは移動系の無詠唱魔法使いでも半日かかりますが、ライニア草はとても鮮度の低下が早い植物で……最高級品として扱えるのは、収穫から1時間が限度です」

「調理した後で持ってくるのは……いや、作りたてという条件が満たせないか」

なるほど。

わざわざ『最高級品』『作りたて』と念押ししたのは、こういうことだったのか。

収納魔法を使えば、鮮度を保ったまま食物を運ぶことができるのだが……時間系や空間系の魔法は習得が難しいため、まだ使える者はいないはず。

距離のことを考えると、最高級品の作りたては、絶対に王都では手に入らないという訳だ。

アルマも、なかなか悪知恵が働くな。
もしかしたら、アルマは意外と政治に向いているのかもしれない。

「……私の負けのようですね」

少し考え込んだ後、カーディフはそう呟いた。
それから、騎士が書いていたメモを見てうなずく。

「今の会話の証拠が残っていれば、貴族の方々への義理は果たしたことになるな？」

「問題なく、なると思います」

騎士の答えを聞いて、カーディフが道を開けた。
どうやら、俺達は外に出られるようだ。

「ご迷惑をおかけいたしました。いつお戻りになられますか？」

「そうだな……ライニア草の産地は遠いみたいだからな。1週間くらいかかるんじゃないか？」

「承知いたしました。遠い場所ですので、時間がかかるのは仕方がありませんね」

カーディフはどうやら、話の分かるやつだったようだ。

国王と貴族の板挟みにされて、あんな茶番を繰り広げる羽目《はめ》になったのだろう。

こうして俺達は貴族達との面談を回避し、王都を出ることに成功したのだった。

◇

「えっと……ライニア草が採れるのは、あっちにある街だね」

王都を出て少し経《た》ったところで、アルマがそう告げた。

どうやらアルマは、真面目にライニア草を採りに行くつもりのようだ。

「あれは王都を出る口実だから、実際に食べる必要はないんじゃないか？」

「それはダメだよ！　近衛に嘘《うそ》をついて出ていったとか、国王陛下に嘘をついたみたいなものじゃん！　……ルリイも、そう思うよね⁉」

「え、えっと……」

ふむ……。

アルマは国への忠誠心にあふれたタイプではないと思っていたのだが、どうしたのだろうか。

何か事情があるのか……それとも、近衛に嘘をつくのは本当にヤバいことなのか……。

いずれにしろ、ここはちゃんと言った通りにしておいた方がよさそうだな。

「ところで、材料はいいとして誰が作るんだ？」

「それはもちろん、ルリイだよ！」

「ええ⁉」

アルマの言葉を聞いて、ルリイが派手に驚く。

……現状、このパーティーで『ワイルドピグのライニア草煮込み』なる料理を知っているのはルリイとアルマだけだ。

もしアルマに頼んだ場合、運がよくても『黒くてよく分からない何か』ができて、運が悪いと爆発《ばくはつ》事故になる。

俺達の中でその料理を作れるのは、実質ルリイだけと言っていいだろう。

難しいものなら、プロに任せた方がいいかもしれないが……。

「難しい料理なのか？」

「む、難しくはないです！　なんていうか……お母さんに習った料理なので！」

「なら、問題なさそうだな」

こうして俺達は、ルリイに『ワイルドピグのライニア草煮込み』を作ってもらうことになった。

とはいえ、まずは材料集めだが。

「ライニア草は、このあたりで採れるはず！」

◇

それから少し後。

俺達は無事に、ライニア草が生える場所まで来ていた。

アルマ達の地元からは、ほどほどに離れた場所だ。

爵位をもらう直前という状況で知り合いに会うと面倒くさそうなので、あえて人のいない場所を選んだのだ。

ワイルドピグはここに来る途中で倒すことができたので、あとはライニア草があれば問題はないはずだが……。

「ライニア草は、どのくらいあればいいんだ？」

「煮込むときに一杯使うので、できればたくさん欲しいです！　でも……その、マティくんが食べるんですよね？　私が作った、ワイルドピグのライニア草煮込みを……」

「ああ。……それがどうかしたのか？」

「い、いや……な、何でもないです！」

よく分からないな。

嫌がっているようなら無理に作らせることもないが、そんな雰囲気でもないし。

そんなことを考えつつ俺達は、ライニア草を集め始めたのだが……。

◇

「ギャーッ！　マ、マティアスさん！　助けてください！」

ライニア草を集め始めてから数分後。

森全体に響き渡るような悲鳴が聞こえた。……イリスの声だ。
イリスがあのような悲鳴を上げるのを聞いたのは、これが初めてかもしれない。

他の二人ならともかく、イリスは圧倒的な力と防御力を持つ暗黒竜だ。
そのイリスが悲鳴を上げるとなると、かなりの緊急事態に違いない。

魔力反応を見る限り、周囲に強力な魔物の気配や魔力反応はない。
俺の『受動探知』を欺《あざむ》くような敵でも現れたのだろうか。
そう考えつつ、俺はイリスの元へと向かったのだが……。

「……何をしてるんだ？」

その状況を見て……俺は困惑した。
とある魔物から、イリスが逃げ惑っていたのだ。
相手が強力な魔物であれば、逃げるのも分かる。
だが……イリスを追い回しているのは、たった1匹の非力な魔物。

虹色《にじいろ》の甲殻《こうかく》に、いかにも昆虫といった感じの丸っこいフォルム――カナブンだ。

……要するに、雑魚《ざこ》だった。

もしイリスが振り向いて槍でも振り回せば、恐らくあの魔物は木《こ》っ端微塵《ぱみじん》になることだろう。

「あ、マティアスさん！」

困惑する俺を見て、イリスは助け舟を見たような顔をした。

そして……泣きそうな声で叫ぶ。

「み……見てないで助けてください！　追いかけてくるんですよ！」

「助けるって……こいつからか？」

俺は状況を理解できないまま、炎系の攻撃魔法を無詠唱で発動した。

イリスを追い回していたカナブンの魔物は、それだけで灰になった。

それを見て、逃げ惑っていたイリスがようやく立ち止まる。

どうやらイリスに悲鳴を上げさせたのは、あのカナブンの魔物で間違いなかったようだ。

「……なんで、あんな雑魚から逃げ回ってたんだ？　槍でも振り回せば、すぐ倒せるだろ」

「カナブンの魔物だけは、無理なんです……」

そう言ってイリスは、警戒の目で周囲を見回す。

もし他にもカナブンの魔物がいれば、今すぐにでも逃げ出しかねない様子だ。

「ドラゴンに、そういう弱点があるのか？」

「弱点っていうか……幼竜の頃、綺麗《きれい》な宝石と間違って拾っちゃって……色々あったんです」

なるほど。

確かにカナブンは、甲殻だけ見たら綺麗な虹色の宝石に見えなくもないからな。

それで間違って拾って、トラウマになったという訳か。
ドラゴンは綺麗なものを集める習性があるからこそ、起きた事件って感じだな。
今なら恐れることもないのだろうが、幼い頃のトラウマはまだ消えていないという訳か。

しかし……。

「カナブンの魔物なんて、別に珍しくないよな？　今までどうしてたんだ？」

「ワタシの領域には、ほとんど出てきませんけど……たまに出たときには、ブレスで森ごと焼き払ってました」

「物騒な話だな……」

イリスらしいといえばらしいが、あまりに乱暴な対処法だ。
カナブン1匹のために燃やされたのでは、森もたまったものではないだろう。
「焼き払うのはやめてくれ。俺の後をついてくれれば、カナブンは倒してやるから」

「分かりました……」

こうして俺は、強大な力を誇る暗黒竜をカナブンから守りながら、ライニア草を集めることになったのだが。

……うん。なんだか釈然としないな。

カナブンへの対策は、今のうちに立てておくべきか。

◇

「そろそろですね……」

カナブン魔物による妨害を受けつつも無事にライニア草を集め終わり、俺達はルリイの料理を見守っていた。

ルリイはいつになく真剣な表情で、鍋の様子を見ている。

この煮込みを作るために、加熱用の魔道具をカスタマイズまでした気合の入りようだ。

「ずいぶん真剣な雰囲気だな。……やっぱり、本当は難しい料理なのか？」

「難しいっていうか……腕の見せどころって感じ？」

『腕の見せどころ』と『難しい』は、どう違うのだろうか。

分かる気もするが、分からない気もする。

まあ、アルマに料理のことを聞いたのが、そもそも間違いだった気もするが。

「できました！　ワイルドピグのライニア草煮込みです！」

横から手を出していい雰囲気ではなかったので見守っているうちに、ルリイは料理を完成させた。

さっそくルリイは料理を器によそい、俺に差し出す。

「ど……どうぞ」

「ありがとう」

そう言って俺は、煮込みを一口食べる。
ルリイの栄光紋は、料理にも向いている。料理も言ってしまえば、生産系技術の一種だからな。
しかし……紋章がどうとか関係なく、ルリイの料理の腕は信用している。
予想を裏切らず、料理は美味《おい》しかった。

「お、おいしいですか?」

「ああ」

「よ……よかったです!」

俺の感想を聞いて、ルリイがとてもうれしそうに笑った。
それを見てアルマが、ニヤニヤとした顔でルリイの頰《ほお》をつつく。

「ひゅーひゅー! やったじゃん!」

「いや、これはそういう意味じゃ……マティくんは、私達の領地の生まれじゃないですし……」

つつかれたルリイは、顔を真っ赤《まっか》にしてうつむいてしまった。

なんというか、普通に料理を褒められて喜ぶ……という雰囲気じゃないな。

どうしたのだろう。

少し気になるが、なんとなく聞かない方がいい気もする。

もし言いたいことだったら、自分から言うだろうし。

などと考えていると……鍋の近くに積まれた、大量のライニア草が目に入った。

必要な量が分からなかったので多めに採ってきたのだが、案の定余ったのだ。

「ライニア草、結構余ったな」

収納魔法は魔力の最大量を減らすことになるので、あまり大量の食材を保管し続けるのに使いたくはない。

だが、捨てるのももったいない気がする。

山の資源を採るだけ採って捨てるのは、なんとなく気が引けるというか……。

そう考えていると、アルマが言った。

「じゃあ、売りに行けばいいいんじゃないかな？」

「これ、売れるのか？」

「新鮮なライニア草は、すっごいよく売れるんだよ！　……えっと、ボク達の顔を知ってる人がいない街の方がいいよね？　そうすると……」

そう言ってアルマは、ライニア草を売る街について考え始めた。

アルマに任せておけば、問題はなさそうだな。

◇

それから少し後。

「本当に、一瞬で売れたな……」

ライニア草は、あっという間に売り切れていた。

客層はなぜか、若い女性に偏《かたよ》っていた。

料理をしそうな女性は他にも一杯いたのだが、買っていったのは『若い』女性だけだったのだ。

郷土料理であれば、もっと幅広い客層がいてもよさそうなものだが。

「客層が偏ってた気がしたんだが、そういうものなのか？」

「鮮度がいいぶん、値段をちょっと高めにしたからね。自分で食べる用だと、もっと安いのを使いたいんだと思う」

「……買っていった人は、自分では食べないのか？」

贈答用か……？
しかし、鮮度が落ちやすい植物なんだよな？
そうすると、贈答用にも向かない気がする。

などと考えていると……アルマが答えた。

「ボク達の地元だと……『ワイルドピグのライニア草煮込み』って、想《おも》い人の心を射止めるのに使われる料理なんだよね。好きな人にライニア草煮込みを食べさせるのは、告白って意味になるくらいだったりとか……」

ライニア草には、そんな特別な意味があったんだな。
面倒な政治から逃げるための道具として使った『ワイルドピグのライニア草煮込み』は、地元の人々にとって重要な料理だったようだ。

「なるほど……そういうことだったのか」

「分かった？」

「ああ。事情はよく分かった」

告白に使うのであれば、確かに品質……つまり鮮度は大事になるだろうな。

下手な料理を、告白に使う訳にもいかないだろうし。

そう考える俺を見て、アルマが呟く。

「あー……これは分かってないね」

「分かってない？」

「うん。……多分、全っ然分かってない！」

そう言って俺に詰め寄るアルマは、呆《あき》れた顔をしている。

しかし……見知らぬ土地の郷土文化を知らなかったくらいで、呆れなくてもいい気がするのだが。

なにしろ、俺はまともな料理すらないような領地から出てきたんだし。

だがアルマの様子を見る限り『俺が分かっていないこと』とやらは、この地域に住んでいる人にとっては当たり前のことなのかもしれない。

どうやら、郷土文化というやつは難しいようだ。

Shikkakumon no Saikyokenja

第九章

chapter 9

それから10日ほど後。
俺《おれ》は無事に爵位と領地をもらい、ボウセイルへと戻っていた。

「ここがマティくんの領地なんですね……」

「うんうん。将来的には、ルリイもこの領地を──」

「ちょ、ちょっと待ってください！」

ルリイとアルマが話している中、俺は街の中を観察する。
ここを出る前、街の中は壊れた家の残骸《ざんがい》だらけだったのだが……。

「もう、すっかり綺麗《きれい》になってるな」

街の中にあった瓦礫《がれき》は綺麗に消え、地面もしっかりと整地されていた。

たった10日で、あの量を綺麗にしたとは……王都から派遣された部隊は、かなり優秀なようだ。

地面は土魔法を使って整地した形跡がある。

無詠唱魔法を広めた成果は、こんなところにも出ているようだ。

「はい。整地はほとんど終わりました。後は建物の再建ですが……幸い、住宅は再建の必要がなさそうです」

俺にそう答えたのは騎士ルーカスだ。

騎士ルーカスは元々、ボウセイルで戦闘の事後処理をするために派遣されてきたはずなのだが……結局そのまま、この領地を経営するチームのリーダーとして、ボウセイルに残ることになった。

もしかしたら、国王が騎士ルーカスを事後処理に派遣したのは、最初から俺が領主になるのを想定してのことだったのかもしれない。

そう考えつつ俺は、騎士ルーカスに尋ねる。

「住宅の数は足りたのか?」

「はい。前領主の暴政に耐えかねて逃げ出した領民が、思いのほか多かったようで……空き家だけで足りてしまいました。引っ越しもすでに済んでいます」

そう言って騎士ルーカスが、複雑そうな顔をした。

ザドキルギアスとの戦いに巻き込まれて、領地にあった建物のうち2割ほどは壊れた。

それで家を失った住民の全員に行き渡るほど、この街は所有者のいない空き家が多かったのだ。

前領主の課した税金がどれだけひどかったのか分かるというものだな……。

「土地の買い取りの調子はどうだ?」

「家を失った領民の全員が、すでに同意してくれています」

「……全員だと？　流石《さすが》に早すぎないか？」

俺が作りたい教育施設と生産施設を作るためには、広大な土地が必要になる。
どうせなら街の中にあった方が都合がいいということで、ルーカスに頼んで今回の件で家を失った領民達から、土地を買い集めてもらったのだが……まさか、こんなに早く全《すべ》ての領民が買い取りに応じてくれるとは思わなかった。

「もしかして、買い取り価格が高すぎたか？」

「確かに、相場よりは高かったですね。住民達は大喜びだったみたいです」

戦闘に巻き込んで家を壊したお詫《わ》びも兼ねて、買い取り価格は高めに設定していた。
住民達がみんな土地の買い取りに応じてくれたのは、そのおかげもあるのかもしれない。
とはいえ、相場の何倍も出したという訳ではないし、これから作る施設が稼ぐであろう金額と比べれば、誤差のレベルなのだが。

「こちらが、新しい地図です」

そう言ってルーカスが、今のボウセイルの地図を見せてくれた。

イリスが壊した家のあった場所は、広大な空き地になっている。

空き地の形は四角形に近く……なんというか、使いやすそうだ。

「イリス、いい壊し方をしてくれたな」

「えっと……ありがとうございます？」

そう言ってイリスは、首をかしげた。

しかし、おかげで領地の再建はうまく進みそうだ。

「再建が済んでいない建物は、何がある？」

「そうですね……なくて困るものは、領主館くらいでしょうか」

「……領主館か。それは余ったスペースに、適当に建てよう」

領主館には、役所としての意味と、領主の威光を示す意味がある。
そのため前領主のように贅沢好きの貴族の場合、見栄《みえ》を張るために派手で巨大な領主館を作るらしいのだが……俺は別に、派手な領主館を作る意味なんて感じないからな。
むしろ領民達の印象をよくするという意味では、最悪だった前領主と正反対の地味な領主館の方がいいだろう。

「余ったスペースで適当って……領主館をそのように扱う領主様は、初めて見ました」

「……領主としては、やっぱりちゃんと作った方がいいのか？」

「いえ。派手な領主館など、見栄以外に大した意味はありませんので。……見栄にも外交上『侮《あなど》られるのを防ぐ』という意味はあるのですが……そもそも、マティアスさんを侮るような、命知らずの貴族はいないでしょうから……」

命知らず……。

俺は一体、何だと思われているのだろうか。

もし俺が多少侮られたくらいで他人を殺すような人間だったとしたら、ビフゲルはとっくにこの世にいないはずなのだが。


そう考えつつ俺は、地図を眺める。

以前の地図と今の地図を見比べてみると、かなりの違いがある。


そのぶん、住民達の生活環境も変化したことだろう。

生活の再建が済む前に教育施設などを作ってしまうと、住民の反感を買って領地経営に悪影響が出るかもしれない。

まあ、前領主がハードルを限りなく落としてくれているため、多少強引《ごういん》にやっても大丈夫な可能性もあるが……一応聞いておくか。

「住民達の様子はどうだ？　街がこれだけ変わったとなると、生活もだいぶ変わっていそうだが」

「そうですね……初めの2、3日ほどは戸惑っていたようですが、今はすごく好印象みたいです。部下を酒場に行かせて、印象の調査もしていたのですが……酒場で聞くのは、前領主の悪口ばかりのようです。街を壊したドラゴンに対して、感謝する声も多いとか……」

「ワ……ドラゴンに感謝⁉　家を壊したのに⁉」

「はい。どこから来たドラゴンか分かりませんが……あのドラゴンは、マティアスさんの仲間か何かですか？」

「そんな感じだ」

……今、『ワタシ』って言いかけたな。
まあ、もしイリスが竜だと告げたところで誰《だれ》も信じないだろうから、問題はないのだが。
今の時代には、人の姿になれるドラゴンなんていないだろうし。

「ってことは……生活の再建はもう終わったのか？」

「はい。ですから、すぐにでもマティアスさんの計画を実行に移せるかと思います」

なるほど。

思ったより早く、本命……つまり、教育施設と生産施設を作る段階に入れそうだな。

「分かった。じゃあとりあえず、迷宮を見に行くか」

教育施設で育てた技術者達に生産施設で働いてもらい、迷宮から出る膨大な資源を精錬する……というのが、俺が立てている計画だ。

一度、それらの施設を作って体制を安定させれば、いくらでも資源が手に入るようになる。

手に入った資源のうち、鉄やミスリルなどの普通の金属は領地で使い、希少金属は俺達の装備に回そうという訳だ。

特にスピリタライトなど、迷宮粗鉱にごく微量含まれる金属は、使い方次第で反則的な性能を発揮する。

だがこの計画は、迷宮なしには当然成立しない。

近くにある迷宮から、どんな資源が出るのかも気になるし……とりあえず見てみよう。

◇

それから少し後。

俺達は騎士ルーカスの案内で、迷宮のある場所へと向かっていた。

「地図によると、迷宮はこのあたりのようですが……地図の誤りでしょうか？」

そう言って騎士ルーカスが、周囲を見回す。

だが……迷宮があるはずの場所には、ただ荒野が広がっているだけだ。

しかし、恐らくここで正解だな。

「……このあたりの空気、変な魔力が混ざってませんか……？」

「確かに、何か変な感じがする……」

あたりをきょろきょろと見回しながら、ルリイとアルマがそう呟《つぶや》いた。

その感覚こそ、ここに本当に迷宮がある証《あかし》だ。

とはいえ、迷宮の入り口はないのだが。

「ここにある迷宮に関して、何か記録はあるか？」

「ええと……過去50年ほどの情報を調べた限りでは、ここにある迷宮に関しての情報はありませんでした。恐らく、誰も使おうとしなかった迷宮なのかと思います」

なるほど。

50年前から情報がない訳か。

これは……嫌な予感がするな。

「魔法通信機は持ってきているか？　王都に連絡が取りたい」

迷宮に関して少し聞くくらいなら、盗聴されても問題はない。

通信機で大丈夫だろう。

「はい。……迷宮管理課の者に取り次いでもらうので、少々お待ちを」

そう言って騎士ルーカスが魔法通信機を起動し、王都へとつなぐ。

しばらく待つと、魔法通信機が迷宮管理課につながった。

『マティアス＝ヒルデスハイマー伯爵ですね。迷宮のことでご質問があるとのことでしたが……』

貴族になると、こういう時の呼ばれ方にも爵位がつくんだな。

そう考えつつ俺は、迷宮管理課に尋ねる。

「ああ。ボウセイルの近くにある迷宮のことなんだが……入り口が見当たらないんだ。一体どうやって管理してたんだ？」

『ボウセイルの近くにある迷宮ですか。確か大昔に魔物があふれて死者が大勢出た後……安全のため、埋め立てられたはずです』

……ああ、やっぱりか。

嫌な予感が当たってしまった……。

「埋め立てた後は、どうやって管理していたんだ？」

『また開けると魔物が出てくる可能性があるため、埋め立てたまま放置していたはずです。埋め立てられてから今まで、およそ２００年が経過していますが……何も起きていないので、恐らく管理に問題はないと思います』

「なるほど。……それは、問題がないとは言わない」


埋め立ててから２００年……。

周囲にこれだけ不穏な魔力が漂っているのも、納得がいくというものだな。

国に潜り込んでいた魔族を追い出し、無詠唱魔法を広めて……この国もだいぶまともになったと思っていたが、まさかこんなところにまで地雷が埋まっていたとはな。

「他にも、埋め立てから200年経《た》っているような迷宮はあるのか？」

『いえ。その迷宮は埋め立てられた迷宮の中でも、最古のものです。普通は埋め立てから5年も経たないうちに、埋め立てた入り口が壊れてしまうので……』

「……なるほど。確かに、普通はそうだよな」

迷宮は通常、入り口を塞《ふさ》いだところで、5年と経たずに新たな入り口ができる。

だが希《まれ》に、地形などの関係で、新たな入り口ができないことがあるのだ。

こうして塞がれた迷宮は、一時的には安全になるものの……内部は極《きわ》めて危険な状態になっていく。

迷宮の浅い階層には通常、強力な魔物は現れない。

それは、迷宮の入り口から魔力が流れ出るおかげで、入り口に近付くほど魔力が薄くなるからだ。

だが……入り口を塞いでしまった迷宮の場合は、話が変わってくる。

魔力の逃げ場がないせいで、たとえ入り口付近であっても、まるで最深部のような魔物が現れることになるのだ。

そしていつか、塞がれた入り口が魔力の圧力によって崩壊し、中に詰め込まれた魔物が解き放たれる。

そうなれば、周囲の都市などひとたまりもないだろう。

「情報をありがとう。知りたいことは分かった」

そう言って俺は、魔法通信機を切った。

……そして、荒野の中にあった、小さい丘に目をやる。

「これが埋め立て跡か。完全に地面と同化してるな……」

埋め立てから200年経っただけあって、目で見ただけでは、そこが迷宮の入り口だったとは分からない。

だが……その丘からは、間違いなく危険で禍々《まがまが》しい魔力が漏《も》れ出ていた。

「なんか、ヤバい雰囲気だね……」

「こんな魔力、魔族相手でも見たことない気がします……」

200年もの間、迷宮に蓄積された魔力の量は、単純な魔力量なら『混沌の魔族』ザリディアスすら軽く超えるだろう。

前世の時代なら『大規模魔力災害の危険性あり』として、避難命令が出るくらいの状況だ。

せめて発見があと100年早ければ、迷宮に小さい穴を開けてそこから少しずつ魔力を抜けたのだが……今の状況では無意味だな。

迷宮に穴を開けた瞬間、そこに魔力の圧力が集中して大穴が開き、そこから魔物があふれ出すだけだろう。

「これ……まずい状況ですよね？」

危険な魔力を放つ埋め立て跡を見ながら、ルリイがそう呟く。

「ああ。……だが、俺達にとってはむしろ好都合かもしれない」

埋め立てられた迷宮は、浅い階層にも深層部のような魔物が現れることになる。

だが、深層部のような状況になるのは、魔物だけではない。

こういった迷宮では、内部から取れる金属資源なども、まるで深層部のようになるのだ。

魔物さえ何とかできれば、この迷宮は資源の宝庫になる。

問題は、この危険極まりない状況になった迷宮を、どうやって平和な状態に戻すかだが。

そう考えていると……足下の地面がグラグラと揺れた。

「きゃっ！」

「うわっ！」

「うわわっ！」

いきなりの揺れにアルマとルリイが驚いた声を出し、イリスは尻《しり》もちをついた。

その様子を見つつ、俺は埋め立て跡の魔力を探る。

「……本当に、ギリギリのタイミングだったか……」

今の揺れは、ただの地震ではない。

迷宮に蓄えられた魔力の圧力がいよいよ限界に達し、周囲の地盤が耐えきれなくなりつつあるのだ。

できれば一度戻って、対策を立て直したいところだったが……どうやらその時間すらなさそうだな。

少々危険だが、無理矢理なんとかするしかないか。

そう考えつつ俺は、収納魔法から『人食らう刃』を取り出した。

あとがき

はじめましての人ははじめまして。そうでない人はこんにちは。進行諸島《しんこうしょとう》です。

本シリーズを初めて手にとっていただいた方に向けて軽く説明いたしますと、本シリーズはさらなる強さを求めて転生した主人公が、技術の衰退《すいたい》した世界の常識を破壊しつくしながら無双するシリーズとなっております。

それはもう、ひたすらに最強で、圧倒的に無双します！
どのように無双するかは……本編をお楽しみに！

ということで本シリーズも、もう11巻です。
先月発売になった『漫画版9巻』まで合わせますと、シリーズ20冊の大台です。累計《るいけい》部数も200万超ということで、とてもありがたいことです。
ここまで来ることができたのは読者の皆様のおかげです。ありがとうございます。

11巻は後書きが多めのため、少し書けることの幅が広くなっているのですが……作者の近況《きんきょう》などを書いても恐らく需要《じゅよう》がないので、軽く設定解説を入れたいと思います。

今回の解説は、主人公の紋章である『失格紋』についてです。


この紋章は前世の時代では『第四紋』と呼ばれていた、近接戦闘において最強を誇る紋章です。

魔法の制御力、単純な出力は、ほかの紋章とは比べ物になりません。

そのため、魔法が届く範囲においては無類の強さを誇ります。


代わりに失格紋は、『射程の短さ』というデメリットを背負っています。

ほかの紋章であればキロ単位の射程があるところ、失格紋の魔法は数メートルしか届きません。


この『失格紋の射程』について、気になっている読者の方も、恐らくいたのではないかと思います。

『遠くに魔法が届かないって言うけど、能動探知とか使ってるじゃん！』とか。

ということで、少し詳しく解説です。

この作品における『魔法の射程』というのは『魔力がちゃんと制御され、魔法として存在できる距離』のことです。

制御を失った魔法は、すぐに崩壊して魔法としての意味をなさなくなります。

どんなに強力な攻撃魔法であろうが、射程から数ミリも外に出れば、ただの魔力の塊《かたまり》として空気に溶けるだけ……ほとんどなんの効果も発揮しません。

『能動探知』が遠距離でも使える理由は、ここにあります。

この魔法は元々、制御を放棄《ほうき》してただ魔力を撒《ま》き散らすだけのものです。魔法とすら呼べないかもしれません。

受信部分は普通の『受動探知』、つまり飛んでくる魔力をキャッチすることによって、敵などの位置を調べています。

遠くにあるものを見るために、手元で巨大な電灯を照らすようなもの……というと分かりやすいでしょうか。

だから細かい制御が効かず、考えなしに使うと敵に探知されてしまうなどといったデメリットもあるのですが……失格紋でも遠距離探知が可能になる数少ない魔法の一つとして、マティアスは重宝しています。

この射程に関してなのですが……実はそれを伸ばす裏技もあります。
かなり制約は厳しいものの、遠くの魔力を制御できます。

ただでさえ強い失格紋が射程まで獲得したら、もはや無敵ですよね。
その裏技は――この11巻で、ぜひお確かめいただければと思います！

ということで、謝辞《しゃじ》に入らせていただきたいと思います。

書き下ろしや修正などについて、的確なアドバイスをくださった担当編集の皆様。
素晴《すば》らしい挿絵を描いてくださった風花風花《かざばなふうか》様。
漫画版を描いてくださっている、肝匠《かんしょう》先生、馮昊《ひょうこう》先生。
それ以外の立場から、この本に関わってくださっている全ての方々。

そして、この本を手にとってくださっている読者の方。
この本を出すことができるのは、皆様のおかげです。ありがとうございます。

12巻も、今まで以上に面白いものをお送りすべく鋭意《えいい》製作中ですので、楽しみにお待ちください！


最後に宣伝《せんでん》を。

先月、漫画版の『失格紋の最強賢者　9巻』、『転生賢者の異世界ライフ　6巻』が発売になりました！

『失格紋』は200万部、『転生賢者』は100万部突破ということで、どちらも絶好調のシリーズです。

興味を持っていただけましたら、漫画版もよろしくお願いします！

そして――！

新シリーズ『暗殺スキルで異世界最強』が、この本と同日に発売となります！

なんとタイトルに『賢者』が入っていません!!

しかし、こちらも主人公最強ものです！

このシリーズは敵も強いですが、主人公はそれを上回るスキルと工夫で、化け物じみた力を持つ敵を打ち倒していきます。
レーベルは同じGAノベル様ですので、興味を持っていただけた方は『暗殺スキルで異世界最強』の方もよろしくお願いいたします！

進行諸島

GAノベル

失格紋の最強賢者11
～世界最強の賢者が更に強くなるために転生しました～

2020年1月31日　初版第一刷発行
2021年2月10日　　　第二刷発行

著者　進行諸島

発行人　小川 淳

発行所　SBクリエイティブ株式会社
〒106-0032　東京都港区六本木2-4-5
03-5549-1201　03-5549-1167（編集）

装丁　AFTERGLOW

印刷・製本　中央精版印刷株式会社

ISBN978-4-8156-0508-7
Printed in Japan

ファンレター、作品のご感想をお待ちしております。

〒106-0032　東京都港区六本木 2-4-5
SBクリエイティブ株式会社
GA文庫編集部 気付

「進行諸島先生」係
「風花風花先生」係

本書に関するご意見・ご感想は
下のQRコードよりお寄せください。
※アクセスの際に発生する通信費等はご負担ください。

https://ga.sbcr.jp/